故事的另一种可能

新寓言诗选

于永昌 著

中国文史出版社

目　　录

司马光砸了缸

孩子们在花园里你捉他躲，
有个叫小频的爬山石失足跌落。
掉在种荷花的大缸里呼救挣扎，
一霎时众顽童都惊慌失措。

司马光也着急却急中生智，
他搬起一块大石头把缸砸破。
湿漉漉的小频从破洞滚出，
家人赶来抱起半天还在哆嗦。

老频听说此事惊叹司马光聪明，
盛邀小光到他家中做客。
美点名食饮料摆满一大桌，
还端出许多叫不出名的洋水果。

1

吃喝后又让俩孩子坐上宝马车，
购通票在游乐园尽情玩乐。
出了游乐园又走进海洋馆，
看鱼看龟观鲨与大章鱼相搏……

晚上回家小光述说玩得开心，
跟老爸讲他想天天都这样生活。
老司马听了并不觉惊讶，
每个人的人生旅途都会有坎坷。

他告诉儿子他能砸缸救人，
那是因为他书读得多。
读书使他敏捷多了智慧，
危急关头就能想到良策。

勤学苦读永远是立身之本，
许多国家大事有待能干的人做。
整天吃喝玩乐不求上进，
老来只是可有可无的庸人一个。

司马光让父亲一番话说得醒悟，
伙伴拉他去玩他老是不愿挪窝。
发奋读书习文不骄不躁，
终成为世人皆知的大学者。

《买椟还珠》续章

郑人闲来在街市闲逛，
看到珠宝铺生意兴旺。
所卖的珍珠样子平常，
装它的小匣子却华贵漂亮。

讨价还价后郑人买了匣子，
将名贵的珍珠退还珠宝商。
这件事被编成成语"买椟还珠"，
比喻他没有眼光取舍不当。

郑人被笑话并不服气，
总想为自己找回睿智的形象。
若干年后他随团境外旅游，
被导游带进一座豪华商场。

珠宝柜台里五彩斑斓，
珍珠闪耀着迷人的光芒。
郑人观赏着触及了心事：
女儿大了已该为她置办嫁妆。

一颗黑珍珠格外醒目，
转动中可见彩虹般的闪光。
那个装匣更是镶金嵌钻，
明摆着喧宾夺主要把风头抢。

郑人有了上次买椟的教训，
提出"买珠还椟"与店家商量。
店家打折后收回匣子，
郑人付款把珠子往手袋里装。

他返家拿出珍珠让家人观赏，
期待着得到赞扬夸奖。
家人眼观手摸珠子感觉异样，
遂送往检测部门仔细端详。

检测报告标明珍珠是赝品，
其价值只和地摊货相仿。
郑人方知被豪华的包装蒙蔽，
给付重金结果又上一当。

木匠皇帝的用心

明熹宗朱由校实在是神，
不知因何喜欢上了锯刨斧锛。
成了中外皇帝中的奇葩，
一干上木匠活儿就十分上瘾。

他不爱穿那锦绣龙袍，
偏喜爱系上干活的围裙。
不屑听群臣"万岁"之呼，
却喜锯木刨料的悦耳声音。

后庭三宫六院全都不进，
前朝大小国事也托付他人。
一门心思鼓捣他的制作，
这位"朕"不爱江山爱木纹。

全不顾背后臣民议论，
只管一丝不苟嵌合他的铆榫。
有人想若不是皇帝是个工匠，
他会拥有怎样的乾坤？

多年后朱由校进入工艺品公司，
成为非遗木建木雕文化传人。
他心无旁骛做自己喜欢的事，
在这一领域越干越是来劲。

几番筹划，遍查图本，
他全力制作一件木器精品。
没日没夜苦心营造，
他完成的仿真木殿精彩绝伦。

专家一致同意授其鲁班奖，
颁奖会隆重召开很有气氛。
制作者将发表获奖感言，
吸引了大批中外记者光临。

朱由校就是朱由校，
除了活计其他概不放在心。
熬夜制作困倦了叫也叫不醒，
他仰躺在座椅上睡得安稳。

《狼来了》上下篇

孩子在山坡放羊挥动小鞭，
乡亲们在田间耕种抡锄洒汗。
四周围静静的太没有意思，
"狼来了!"孩子忽然放声高喊。

种田人举锄四下里赶来，
东寻西找哪有狼——羊儿安闲。
孩子看大家喘吁吁着急的样子，
一边笑一边拍手嚷嚷"好玩儿"……

乡亲这才知道是孩子恶作剧，
悻悻离去都说他讨厌。
人们的埋怨声刚刚飘远，
一只恶狼在羊群附近出现。

乡亲听到呼救以为又是起哄，
再怎么喊谁也不再露面。
傍晚入圈时少了一只肥羊，
孩子屁股上多了一顿竹板……

孩子长大进城上大学考研，
毕业受聘成了白领中一员。
为出行方便他在银行贷款，
购得一辆轿车停放楼前。

车中报警器突然鸣叫一番，
引来住处邻居和保安围观。
有人劝车主赶快把车修理，
没来由就报警让人心烦。

车主人也觉得噪音扰民，
却说："我忙啊，过两天去办。"
晚上楼下报警声又响一阵，
他听到了仍是不以为然。

早起他想远行走到楼下，
那一辆新车却遍寻不见。
想到车的保险尚未办理，

他又气又急瘫倒在路边。

当好心邻居把他搀起，
他想起小时放羊一声长叹。
谁愚弄生活谁就要受到惩处，
今日失车正是当年失羊的下篇。

胡屠户随宴

范进中举其多年心愿得遂，
接着在府衙谋到秘书职位。
老爷好吃三日小宴五日大宴，
当秘书的常常要奉命作陪。

这书生酒足饭饱回到家中，
不免叙说吃了多少美味。
谈到接送他的司机坐在侧席，
也是鸡鸭鱼肉煎炒烹烩……

岳父胡屠户一次次听得坐不住，
还情不自禁流哈喇子吧唧嘴。
这天忽提出去驾校学车考本儿，
让女婿把身边的司机辞退。

晚间范妻铺床又磨叨这事，
不答应就别想相拥而睡……
没过多久胡屠户成了胡师傅，
和众司机坐在了侧席内。

他推碟搂盘狼吞虎咽这个撮呀，
只恨爹妈没多给他两副肠胃。
撑得弯不下腰也不肯起身，
哪管人家讥他笑他戳搭后背。

想到家中吃不上的女儿外孙，
他让服务员把剩菜打包带回。
一家人饮食无忧老胡仍有心事——
后院还有一大群猪也要他喂。

于是他去批发了大塑料桶，
从此席上汤汤汁汁全不浪费。
每日返家前排坐着范大秘书，
后座晃荡着几大桶泔水……

老爷听说了此事大为恼火，
说这是给他脸上抹黑！
责令纵容的范秘停职检查，

对老胡当即免用自行转轨。

范进遭此打击"晕菜"倒地,
老胡呼喊女婿垂下老泪:
"都怪我占了又占贪得无厌,
人白吃白喝还想着猪儿肥……"

高衙内当考官

高俅之子高衙内劣迹斑斑，
因他而起林冲才落草梁山。
如今高衙内虽不敢再抢民女，
可他有好多坏水还窝在肚囊间。

提笼跑马聚赌早都玩儿腻了，
仕途和经商也让他反感。
仗着其老子有权有钱，
风风光光进了演艺圈。

玩演艺要玩得潇洒体面，
高衙内自荐当了主考官。
妙龄少女不是梦想当演员吗？
行不行考过由他说了算。

高主考大大咧咧坐在堂前，
用色眯眯的眼睛把考生细观。
让唱让跳让哭让笑，爽啦，
只管作践她们，她们情愿。

看中考生里哪一个顺眼，
把第二考场设进宾馆。
让她陪吃陪喝做出醉态，
带进包房再考脱衣表演……

有人呼喊受到性侵犯，
高衙内提提裤子抛出一言：
"告去吧，咱老爸是堂堂太尉，
你懂吗？那是多大的官衔！"

写到此笔者正告恶徒休得狂颠，
作恶多端必遭众怒天谴！
在这里也提示想从艺的年轻人，
衙内难识，演艺圈不好瞎钻！

李莲英服气

李莲英老来客居亲戚家里，
他在宫中最擅长逢迎慈禧。
讨得老佛爷欢心常受封赏，
每当说起这些他甚是得意。

这日亲戚听了笑说："公公了不起，
在官场上我们县长也极有灵气。
市里又来考察干部的实绩了，
他拿手的本领就是讨好上级。"

两个人站到欢迎上级的人群中，
领导的豪华轿车开了过去。
亲戚手指景物点解奥妙，
老太监眼界大开拍手称奇。

耸立在路两边的楼房多壮观啊，
细看都是纸板扎成的墙体；
那远处山坡上草木好茂盛哟，
近瞧就会发现浪费了许多绿漆。

二人随着人群又到农机厂参观，
各式农机排列得整整齐齐；
再步入畜牧养殖场走走看看，
猪马牛羊塞得棚圈格外拥挤。

忽听考察已毕领导进城赴宴席，
眼前顿时变得混乱无序。
灰尘裹着浓烟陡然而起，
让在场的又看到一出闹剧——

牵牛马的赶猪羊的夺路而走，
都是从四乡八村借凑到了这里；
农机也轰隆隆走得不见一辆，
只租用摆放半天不能逾期。

待身旁黑烟噪声渐渐散尽，
家畜们的尿臊味仍然扑鼻。
当收垃圾的拆走筑楼的纸板，

看周围只剩下一大片荒地……

亲戚问："这表面文章做得如何？"
"此县太爷邀宠作秀真乃大手笔！"
李莲英连说，"服了服了，对比他，
我当年那些只算得雕虫小技！"

李鬼上网

社会上掀起电脑上网热，
李鬼也看上这玩意不错。
再不用腰别板斧去密林打劫，
而是舒舒服服往网吧一坐。

这厮在网上能聊会说，
虽然他从小顽劣读书不多。
凶残狠毒一心要劫财劫色，
却取个网名叫"多情小哥"。

这日他结识了"十四妹"网女，
恭维了对方后倾诉寂寞。
发去的小照美若俊男潘安，
还道是他心绪不佳时所摄。

随便说起住着几处豪宅，
老爸是高官重权在握。
大把信用卡花不掉心里特烦，
只想和知心人在僻静处坐坐……

一见对方表示理解愿意见面，
李鬼窃喜将约会地点敲妥。
他那笨重的板斧早卖了废铁，
走出网吧掏出尖刀寒光闪烁……

网那边的十四妹也非"好货"，
上网者是害死武大的王婆。
她雇用了娄阿鼠的年轻姘头，
赴约提的饮料瓶已把药搁……

此次网络约会并不难预测，
到头来是个"黑吃黑"的结果。
这虚拟游戏中一方若是善良人，
轻信上当就会有杀身之祸。

宝玉上网

贾府由盛而衰破败不堪，
黛玉万念俱灰死得凄惨。
宝玉看破红尘削发出家，
整部《红楼梦》也落子收官。

宝二爷虽安坐于古刹禅院，
一颗凡心却不甘与木鱼为伴。
这日他难耐寂寞推开山门，
东游西逛走到网吧门前。

入内一看他就睁大双眼，
电脑里游戏火爆刺激好玩。
更奇的是人们登陆一个个网站，
网上"聊天室"让他大见了世面。

那边"迷惘路人"诉说江湖险恶，
这里"井底小子"大话世界多元。
好交际的宝玉忙寻个位子坐下，
初次上网自免不了眼忙手乱。

敲敲打打正逐渐感觉熟练，
一个似曾相识的名字映入眼帘。
有位网友竟署名"转世黛玉"，
这可让宝二爷兴奋得气喘。

他稳住情绪与其搭讪，
那端温言软语娓娓而谈。
回忆起昔日大观园的盛况，
二爷的脸上已是泪水涟涟。

可叹当年的黛玉已香消玉殒，
不想却有这"转世"的来续前缘。
有问有答聊了又聊，
两人都说相"聊"恨晚。

从这起宝玉日夜不离网吧间，
一泄久久积压心中的情感。
谁料"黛玉"忽然在网上消失，

这可让宝玉寝食难安。

三天后"黛玉"才在显示屏重现，
她说病重即将住进医院。
主动提出与宝玉一见，
并且约定了见面地点。

宝玉携带钱财来到一处荒郊，
却等来个抢劫他的老丑汉。
行抢者也并非陌生人，
竟是当年赶马车的焦大来作案！

八戒网恋

唐僧率徒取得真经功德圆满，
八戒急于圆娶妻的夙愿。
听说婚介所登记有如云美女，
他付重金成了高级会员。

很快有征婚女与他网谈，
发来的玉照美似天仙。
女子称自己就是七仙女中老三，
已办好离天宫所有手续下凡。

女子说八戒是取经路上的英雄，
十分崇拜他视他为人生典范。
尤感念他一贯怜香惜玉，
很希望与他共享美好的姻缘。

八戒与女子相谈甚欢，
一声"老公"叫得他浑身酥软。
望着手机屏上女子的花容月貌，
八戒也努着长嘴娘子老婆乱喊。

女子闲聊中说到她喜欢鲜花，
八戒接话茬儿提出送她花篮。
按了她提供的店址账号键，
把一笔钱打到她说的花店。

胸中豪情澎湃八戒放话：
"你还喜欢什么尽管直言！"
她讲娘家已为她把首饰置办，
但新潮摩登的还想再添几件……

八戒说"必须的"汇她一大笔款，
为心上人花钱多多益善。
从这起女子更关心他嘘寒问暖，
又时不时让八戒把一些钱转。

为她父王庆寿得意思意思，
助她母后远游要凑些盘缠。
每当八戒急切想与其见面，

女子总是一次次借故拖延。

后女子总算答应来会八戒，
途中不幸却又患上阑尾炎。
女子急告八戒汇一笔押金，
不然医生不能收她住院。

八戒问她身在何处，
提出驾云飞过去一力承办。
女子支支吾吾遮遮掩掩，
再追问那边已把手机挂断……

之后再联系女子永远停机，
八戒想到怕是受到了欺骗。
他走进警局向警察报警，
警察很快破获了此案。

就想看那女子受到法办，
八戒作为受害者目睹了审判。
他一见到罪犯可傻了眼，
诈骗他的竟是个六旬老汉。

华佗坐堂行医

老华佗睡了一千多年推被而起，
走到街上看什么都感到新奇。
他穿得怪怪的也很惹人注意，
有人一下认出他是古代神医。

人们呼啦围上来向他问好，
最热情的是一位药店经理。
说他家世代都为华佗烧着高香，
无论如何要接他到药店一叙。

到药店经理恳请华佗坐堂问诊，
许与他享受医院主任医师待遇；
还发提成奖金和号脉润手费，
一周内再把住房专车备齐。

老医师对经理说的并不理会，
为众人祛病除疾才是他的乐趣。
他穿上白大褂坐到案边，
店外患者已排出好几里地。

当患者走到华佗面前，
一个个都捧着大包药剂。
医家看病向来是对症下药，
先给药再问诊是何方规矩？

华佗正感到迷惑不解，
店门口经理的吆喝道破玄机：
"神医问诊号以购药收据换取！"
店员们忙着收钱发药维持秩序。

患者在案前屁股还没坐稳，
就被店员催促着站起。
号什么脉？问什么病情？
十分钟起码轰走病人十六七。

可怜的患者远道而来苦苦等待，
只落得白掏腰包里外受挤。
人家越痛苦越往伤处撒盐，

店家的做法与趁火打劫无异。

把自己当成药店摇钱树啦，
从不与人争的老人难压火气。
华佗脱下白大褂往案头一扔，
推开拦阻他的人甩手而去……

潘金莲的又一生

潘金莲落了个淫妇的骂名，
悲惨的结局让她愤愤不平。
怪只怪奴婢地位把她推上绝境，
多想再活一次富而贵择善而终。

潘金莲如愿来到今世，
她与武大郎走上法庭。
解除关系她拿到了离婚证，
身心自由好似小鸟出笼。

现如今没有了封建压迫，
潘氏女走在街上脚步轻松。
择业择嫁大门全都向她敞开，
喜欢歌舞的她进了歌厅。

姿容双秀在歌厅如鱼得水，
潘金莲夜夜千八百地挣。
她想约蒋门神就约蒋门神，
她想会西门庆就会西门庆。

旧相好老面孔渐让她扫兴，
她痴迷网上相约的一夜情。
满身珠光宝气花钱如水，
早就引来了邪恶的眼睛。

这晚潘金莲坐情人的车兜风，
猛发现乖顺的情人面目狰狞。
举刀把她抢了个干净，
蒙眼后绑她何处她弄不清……

当潘金莲被解救送进医院，
只见她奄奄一息失去人形。
形销骨立已到了艾滋病晚期，
累累伤痕上印着数不尽的兽行。

日夜受摧残怎堪回首，
弥留之际的潘金莲痛定思痛：
此生惨剧再怪不得奴婢出身，
千怪万怪只怪自己恣情放纵。

康熙看电视

康熙睡了二百多年一觉醒来，
拿起遥控器把电视机打开。
荧屏上正表演他八岁登基，
换个频道又看到自己龙钟年迈。

这老爷子不由得莞尔一笑，
再看下去可就觉得烦躁难耐——
眼前尽是黄马褂红顶子长辫子，
耳边喳来喳去主子使唤奴才。

让那些格格贝勒拿捏作态，
又搜寻个闲杂事往故事里塞。
如嚼扫出仓的陈谷子烂芝麻，
重拾扔出宫的蔫萝卜烧心菜。

变个台看看仍是清宫的事，
不承想大清朝被这般糟改——
宫女随意和皇上打情骂俏，
后妃争相与太监嬉笑卖乖。

做梦也知道子孙不肖，
乾隆之后一代不如一代。
骄奢淫逸丧权辱国殃害黎民，
却让此辈招摇过市道理何在？

泱泱华夏大国历经几千载，
在人间铸就了数不尽的精彩。
干吗死摽住清王朝活活起腻，
滥滥地拍了又拍死乞白赖？

康熙爷强压着心中的不快，
按琴键一样用遥控器选台。
他要看看南疆北国的变化，
更想一览今日京城的气派。

调这台闹嚷着正把清宫御酒卖，
转那台模特儿身着清装在扭摆。
这边太子撩皇袍展示保暖内衣，

那厢皇儿举着口服液吆喝补钙……

钻钱眼儿成了龙子龙孙的最爱,
看到此康熙的鼻子已然气歪。
老爷子再也压不住火气,
抡起清陵牌矿泉水便朝荧屏摔!

愚公败阵

愚公不怕艰难移去山峰，
大无畏的精神广受赞颂。
老人家眼望奖状踌躇满志，
一心想为公众再立丰功。

这一日卫生局发下调令，
调集老愚公及儿孙人等。
城边垃圾堆积成灾，
如山如岭让他们移平。

愚公率众带上工具，
有锹有镐土筐担绳。
热火朝天地再次上阵，
向垃圾发起猛烈进攻。

尽管有路人站脚助威，
快餐车的食品打八折供应。
愚公一伙还是败下阵来，
这老翁忙到卫生局诉说详情：

"不是众人不卖力气，
也不是愚公老不中用。
谁都知道移山全凭毅力，
可移垃圾山光凭毅力不行！

"石山土山挖一点就少一点，
可挖垃圾山这码事截然不同。
顶着浊浪翻滚臭气烘烘，
铲去一座又有两座堆来高耸。

"照此干下去定遭垃圾灭顶！"
愚公出语无奈可是发人深省：
因循守旧跟不上发展，
做事必然要以失败告终。

大禹治污水

大禹率众与河水抗争十年，
战胜了洪涝保得一方平安。
他吃苦在先深受民众爱戴，
三过家门不入传为美谈。

大禹正想着再做件有益之事，
一纸调令送到他的面前：
某地化工厂污水成灾，
亟待治理容不得拖延。

大禹前去报到离得尚远，
已感到浊浪滚滚臭气熏天。
他连夜和环保人员开会研究，
制订出一套治污方案。

帮一些大厂安装了除污设备，
通知简陋的小厂一律停产。
大禹忙过一阵化验水质，
发现该地的污情毫无改观。

入夜他去查看小厂的排污管，
里面机器轰响管口污水急窜。
有人指着他喊："是他找麻烦！"
就见棍棒乱抡还挥起铁锹……

大禹满身伤痕给抬进医院，
当地领导来看他拎着果篮：
"方才我已经去了那家工厂，
责令他们对打人者严肃查办！"

事后大禹听说领导去工厂属实，
但他是明收利润暗接贿款。
内伤外伤都在隐隐作痛，
治水英雄反思着失败的根源。

以前治洪福祸与共灾难同担，
如今治污心思不同各打算盘。
这污若照这个样子治下去，
自己六过家门不入也是枉然。

唐僧的提名

唐僧率徒行进在取经途中，
上边让从徒弟中报上先进一名。
夜深了长老看他们东倒西卧，
报谁不报谁让他犹豫不定。

按理说成绩大的当属悟空，
一路上降妖除魔表现神勇；
可他时不时地要捅个娄子，
让做师父的相当被动。

这猴头以前屡犯天庭，
如今保自己取经是戴罪立功；
对他的考验还在后面，
他这个先进下次再评。

大耳朵八戒做事也很卖力，
对师父的态度尤为恭敬；
可他有贪吃贪睡的缺点，
一见女人就露出色眯眯的表情。

这呆子时至今日六根未净，
天上地下都没有好名声。
把这样的人报为先进，
别人肯定要说自己有病。

沙和尚此时起身走进马棚，
饮马喂草默默做着事情。
长老忽然有了个大发现：
任你是谁也不好把他批评。

让干什么就干什么从不发牢骚，
挑担子不紧不慢是重体力劳动。
唐僧反复平衡最终决定，
一名先进就报挑担的沙僧。

取经遇难传销国

唐僧师徒取经长途跋涉，
这日走进喧嚣的传销国。
当地人热情好客超乎寻常，
把口服液递到嘴边劝喝。

待路人把甜腻的液体饮下，
他们就索要银两让其入伙。
探听到花果山是猴子的家园，
一群人围上来做悟空的工作。

告诉他把猴族同胞悉数叫来，
那"高级管理"的职位就是他的。
有了无数"下线"就有无尽财富，
取不取经都是活神仙一个。

唐僧悟空等不听却走不脱，
被那些人蜂拥而上绑个利索。
言明快找亲朋汇款赎身，
拖延时间将自食其恶果。

不就是要钱吗？这有何难，
悟空拔根毫毛变出银两一桌。
可搬来验银机一验露了馅，
那些石块糊弄当地人不过。

师徒四人被关进一间黑屋，
不给食品光让他们挨饿。
八戒撑不住伸着长嘴叫喊：
"快想办法吧，我的猴哥！"

悟空想到师教不敢胡乱打杀，
因为那些人毕竟不是妖魔。
他遁身郊外正感无计可施，
忽见观音菩萨从云端降落。

就想说无端受害身陷囹圄，
就想说不整治传销可了不得。
菩萨摆摆手把悟空止住：

"此地之事我尽知不必多说。

"有人身为官员却是传销组织者,
连王母娘娘与这里也有牵扯。
悟空,我送你师徒上路就是,
其他的事我也管不了许多。"

唐僧四人脱身重登取经路,
这回全无往时降妖除怪的快活。
想起被绑被关就心有余悸,
人人心头像压着沉甸甸的石锁。

张飞督卖草鞋

刘备起事之初急需军饷，
筹款重任他让张飞担当。
不知集资敛财该从何下手，
张将军召集部下帐中商量。

有人说刘皇叔曾编卖过草鞋，
款式美观耐用很有些影响；
还拿出穿旧的叫众人观赏，
建议在开发草鞋上做做文章。

张将军欣然拍板拨出本钱，
编制好的草鞋很快堆满库房。
皇叔是中山靖王之后理应弘扬，
"靖"字商标牌遂拴在了鞋绳上。

大包的草鞋装车送往四乡，
直销代销的店铺到处开张。
兵士也放下刀枪挑担去卖，
据考这就是最早的全民经商。

然而草鞋是小买卖销路不畅，
张三爷环眼圆睁火冒三丈。
传令辖区内居民人等，
每人必须购足草鞋五双。

多小的孩子也不得违抗，
总会长大出门给鞋派上用场。
老妇人小姑娘买了也不浪费，
套穿鞋上更有益于脚趾保养。

再令禁外地人染指草鞋行，
卖外草以走私罪关进牢房。
一番整治现货原料均告脱销，
张将军大碗饮酒高声喊爽。

有人以次充好发原料横财，
成批的草鞋尚未穿已经掉帮。
张飞全不知情只管督卖，

且让人数好越聚越多的银两。

草鞋热卖惹起怨声一片，
兵士们无心操练士气下降。
犯境的敌军并不强悍，
一交锋刘备却吃了败仗。

诸葛亮遭遇"跳槽"

诸葛亮欲征魏筹集粮草，
司马懿接报吃惊不小。
有谋士献上一条退敌之策，
司马懿听了连声称妙。

诸葛丞相出行必坐轮车，
那车由技术部门精心打造。
掌车的车夫经过特殊培训，
绝非等闲之辈担当得了。

魏国派人入蜀对车夫尾随盯梢，
很快了解了车把式的人品嗜好。
这日车夫在酒吧自斟自饮，
魏人乘机上前策动"跳槽"。

谈及离蜀赴魏也是服务社会，
属合理人才流动正当公道。
许以高薪高职办理户口，
再奖励环保型绿色住宅一套。

车把式越听越是开窍，
如此好机遇岂能废掉！
又经过一番讨价还价，
他收拾了行囊携车潜逃……

诸葛亮备战停当正要发兵，
忽发现乘坐的车具丢失难找。
经多方探查才查明车的下落——
正载着司马懿他老妈游乐逍遥。

在自己身边竟被挖了墙脚，
再能掐会算也难以料到。
车和掌车人都没有备份，
欲出行只好骑马或乘轿。

诸葛亮大为气恼脉管乱跳，
军医一检查发现血压增高。
未曾出师主帅身体有恙，
蜀国伐魏之举只得取消。

宋江整容

眉眼间透露出喜气洋洋，
走起路来也显得气宇轩昂。
招安之事已定只待上殿面君，
宋江心情不错在街头闲逛。

巷口有则小广告让他眼前一亮：
"名医祖传整容祛面疤秘方。"
宋江不由得摸摸额头——
一行刺字是他难愈的内伤。

这盗贼的印迹罪犯的图章，
让他每日里茶饭不香。
有朝一日自己的画像摆上祠堂，
怎对得住供奉他的后辈儿郎！

宋江满怀希望按址沿街寻访，
以急切的心情把整容店门拍响。
别的不说只求把刺字除去，
还先行拿出一大包银两。

医生满意地让他在板床上躺，
将一种乌黑的黏稠物糊住面庞。
一位白衣护士问："感觉好吗？"
宋江强忍难受说："又痛又胀！"

感觉就像鸡蛋泡进滚烫的炸酱，
热沥青要将猪身上的毛煺光。
疼痛加剧使宋江想呼想叫，
他一把抓住护士拼命喊娘。

当黏稠物除去一照镜子，
宋江发现刺的字仍在脸上。
医生说这表明一切正常，
要再糊一次并且加大剂量。

宋江闻听忙喊："不要，不要！"
挣扎着把医生推到一旁。
这时有人匆匆跑来报告：

皇帝宣宋江快到朝堂。

宋江捂着肿脸边出门边嚷：
"等我上殿回来再和你们算账！"
在场的相视而笑并不惊慌，
一转眼店主和招牌都换了模样。

梁山座次之争

梁山好汉的座次张榜在即，
解珍解宝听说他们排在五十几。
又听说以后招安按座次封官，
官高的就能享受好的待遇。

利益当前二猎户想出主意，
趁夜色给宋江送去一张好虎皮。
直去直来说得很是爽快：
"拜托寨主把我们的座次前移！"

宋江笑曰："我这里不成问题，
可此事还要和军师几个商议。"
很快传出二解超过阮氏三雄，
三名渔夫心里都透着着急。

他们又是捉鳖又是采珍，
也给山寨宋大哥送上厚礼。
再请同劫生辰纲的军师捎话：
"患难弟兄全靠寨主抬举！"

宋江允诺："我定当认真考虑，
帮哥儿几个把好的座次争取。"
一时间排名之事闹得沸沸扬扬，
梁山上的座次之争明显加剧。

解氏哥儿俩又寻得熊掌鹿鞭，
送给宋江请他补养身体；
阮氏三雄淘换来鱼精海狗油，
敬奉宋江希望他保住元气。

其他头领也争相送这送那，
直送得宋宅储藏室格外拥挤。
宋江主持的排座次会开了又开，
山寨新一轮送礼活动也在升级。

李逵作难

李逵腰别板斧朝着山寨走，
忽听路旁有人向他呼救。
那人面部抽搐冷汗滴流，
自诉喝了梁山酒店卖的劣酒。

如此坑害乡民岂能容得？
李逵两眼瞪得圆溜溜！
他甩下一锭银子让那人就医，
大步赶向酒店手把板斧抽。

梁山酒店就开在山坡处，
李逵冲入舀酒缸的酒喝了一口。
呸！他一咧嘴狠狠啐了出去，
这酒淡而无味还有些馊。

"管事的，快快给爷站出来！"
汉子手举板斧一声大吼。
店伙计吓得四下逃窜，
这斧头剁上谁也够谁受。

后门帘一掀闪出店老板，
李逵认得他是宋江的亲舅。
"李义士息怒，容我告知——"
看来他已把李逵的来意摸透。

"穷乡僻壤，设备简陋，
酒也就酿到这个火候。
我承包这酒店不图赚头，
主要想的是为山寨创收。

"梁山上人吃马喂开销大啊，
大小支出依赖着酒的出售。
顺便说就连义士赶路的盘缠，
也是由本店帮助凑够。"

那劣酒直把李逵气得发抖，
老板实话实说又让他闷而忧。
该剁下来还是该放下来，
只见板斧在空中举了好久……

焦大不会爱林妹妹

宁荣二府人员臃杂是是非非，
却又是等级森严主尊仆卑。
哲人曰：焦大不会爱林妹妹；
话传到焦大耳中焦大说："对。"

人家是名门闺秀玉体金贵，
自个儿猥琐粗俗奴才之辈。
平素哪敢上望府中女眷一眼，
稍有不恭就会招来一顿暴瓶。

焦大却也掀了黛玉盖头一回，
那是做梦娶媳妇想得美。
醒来跑出府门去欺负柴火妞，
又向女叫花子撒野发威……

时代车轮飞驰把岁月甩退，
焦大如今富甲一方大有地位；
靠着恃强凌弱食亲财黑，
靠着坑蒙拐骗行贿捣鬼。

不管怎么说反正成大老总了，
自然有一大帮人追随恭维。
别看这昔日赶马车的老眉塌眼，
愿给他洗脚的靓女排成长队。

高学历高才艺者也投怀送抱，
傍住他可说是傍住了钱堆。
女子变坏常常离不开贪欲，
好多人掉进钱眼儿都找不着北。

这日席间老友和焦大叙旧：
"时下老大你会不会爱林妹妹？"
一句问话让焦大皱起了眉，
他放下酒杯说："不会——

"你看我身边的美女都物有所值，
一个个善解人意让我快慰。
那林黛玉弱不禁风酸而无味，

想起她就叫我烦就叫我累。

"不过看在当年老关系上，
她想来我这儿发展机会我给。
可是她不能再摆架子啦，
还要高高兴兴排在队尾。"

八戒的野蛮女友

取经后师徒四人各奔东西，
猪八戒兴冲冲跨进婚介所里。
功成名就的他要一圆鸾凤梦，
且如愿结识了一位时尚美女。

八戒喜爱女友野性十足，
连她的刁蛮也觉得有趣。
于是服服帖帖，百依百顺，
一心想讨得女友的欢喜。

瞌睡不打呼噜，进食嘴不吧唧，
脱掉褴袍靸鞋，换上西装革履。
八戒巴望能赢获莞尔一笑，
接踵而来的要求却变本加厉。

头上猪鬃须跟上小贝的发型，
眼神中要流露巴乔式的忧郁……
八戒老实说做不来，那对不起，
他只好在床前一米线外傻立。

渴望着女友与他亲密接触，
可她总爱用擀面杖锅铲等炊具。
和靓丽女郎逛街够潇洒吧？
可昔日的天蓬元帅只是苦力。

在专卖店女友买空四壁，
八戒负责着肩扛颈挂手提。
进酒楼也不是二人对坐，
女友打手机邀来众男士入席。

她恣意和男宾说笑调情，
吆喝八戒迎入送出如使差役。
山珍海味佳酿美果一通消费，
催促八戒买单不得犹豫。

花光了积蓄，女友弃他而去，
八戒栖身路椅噘着长嘴生气。
他想不通这结局是时尚弄人，
还是观音菩萨磨砺他又施心计。

西施在哪儿

杨贵妃入健美厅脱洗桑拿，
王昭君在植物园悠闲赏花，
貂蝉进粤式酒楼享用早茶，
四大美人先后现身都市仨。

东西南北怎能有一面缺失啊，
一年四季岂可少了融融暖夏？
人们坚信西施也会莅临盛世，
西施在哪儿？生生把人想煞！

她现今栖身在哪一片屋檐下？
春秋以来隐居一隅身体可佳？
老公体贴否？居住舒适否？
休闲惬意否？真真让人牵挂！

今日世界很精彩生活现代化，
好想让西施走来同乐一块儿潇洒。
用用我们的内衣胸罩卫生巾，
使使新推出的手机信用卡。

媒体频频表达"三缺一"的遗憾，
记者和狗仔队群出访查。
终于传来一个振奋人心的消息：
西施择日在某五星级饭店下榻。

将有幸一睹古代名姝芳容，
喜得几位男士梦喊西施亲妈。
气坏躺在身旁的老妇少妻，
在他们身上咬着牙狠掐……

由权威性机构统一策划，
欢迎西施的场面规模宏大。
八位数出场费已打入西施账号，
言明若嫌少还可以商洽。

人们谈西施赞西施心情火辣，
市面上不断有新闻爆炸：
什么她的自传体小说近日印发，

什么她有个小妹西舍深闺待嫁……

哇，绝代佳人西施行将抵达，
倒计时大表上闪耀着十九八……
记者们一个个抱牢拍摄机器，
紧张得连眼睛也不敢乱眨。

好多人清好喉咙准备欢呼，
追星族们早准备把嗓子喊哑。
也有人心跳过速难于按捺，
倒地"晕菜"给搭上担架……

西施未见却有人匆匆登台，
嘴巴一张让在场的人们发傻——
欲出场的西施非真乃假，
此女涉嫌欺诈已被警局关押。

盼来盼去盼出一个骗局，
热情的人们这才晓得遭耍。
此时西施可能正没事偷着乐，
西施在哪儿？大家愈想见到她。

龙多不见水

某地连年大旱草木枯萎，
地方官的祈雨报告频递天宫内。
玉帝向东西南北龙王发出手谕：
速速赶赴旱地降下雨水！

东海龙王玩摩托艇正有兴味，
与几个龙子在海面前冲后追。
看了眼手谕又加大油门赶去，
——反正降雨还有他们三位！

西海龙王主持着沙滩排球赛，
一心想给自家爱女颁发奖杯。
他让虾秘书把手谕存档，
——已经旱了好久先不去理会！

南海龙王又建了一座龙宫，
亲朋好友来贺喝得大醉。
降雨的事改日再去做吧，
——洗洗睡了，这一天实在是累！

北海龙王郁郁寡欢紧皱着眉，
他生气总是排在四个龙王之尾。
此刻更是把手谕扔在脚下，
——凭什么我先去我多干吃亏！

旱地等龙王们等了一个没，
龟裂的原野上怨声鼎沸。
龙多四靠靠完就拉倒吗？
灾民呼吁各判他们一个渎职罪！

《塞翁失马》全传

边塞老汉家有匹马去无踪迹,
老汉东寻西找心中焦急。
就在他沮丧不已愁烦之际,
那马归来了还带回好马一匹。

那马归来了还带回好马一匹,
老汉笑不拢嘴一家人皆大欢喜。
儿子骑上好马兴冲冲兜风,
不慎跌下把腿摔成残疾。

儿子不慎把腿摔成残疾,
谁看见那马都说它带来晦气。
忽生战乱很多青壮年拼死疆场,
老汉的儿子却因有残免除兵役。

老汉的儿子虽因有残免除兵役，
可老汉常为他的前程感到忧虑。
这日有只鹰抓鸡陷入他家笼中，
机灵的儿子便打起了鹰的主意。

机灵的儿子打起了鹰的主意，
捉鹰贩运境外那是一本万利。
没干多久他家就发了大财，
老汉也抛开土屋住进富人区。

老汉抛开土屋住进富人区，
不想儿子对吸毒有了兴趣。
一家人富有的生活刚刚开始，
很快就被儿子弄得一贫如洗。

吸毒的儿子把家弄得一贫如洗，
他不思改悔反而变本加厉。
加入贩毒团伙大肆作案，
老汉找到儿子痛骂他忤逆。

老汉找到儿子痛骂他忤逆，
却又把儿子藏在地窖里。
这毒贩最终被捉拿归案，

66

老汉也因包庇罪锒铛入狱。

老汉因包庇罪锒铛入狱，
您从他喜悲中可悟出一个道理？
好与坏能转换，福祸是双刃剑，
人啊，时时可都要把持住自己！

《曾子杀猪》后传

曾子不同意娘子信口开河，
他认为对小孩子更要兑现承诺。
手起刀落宰杀了一头大肥猪，
为孩子做了美味佳肴一桌。

时值腊月杀猪也算逢时，
娘子得到的教训并不深刻。
这日孩子望着屋檐下燕窝出神，
妈妈怕荒废时光忙催促着：

"快去好好读读圣贤书吧，
这普通燕子窝没甚好看的。
有种燕窝能吃且很好吃哩，
明儿个就叫你老爸去采摘几个……"

傍晚曾子进家孩子喊着吃燕窝，
问过缘由为父的便寻找绳索。
娘子拦阻："说着玩儿的算了吧！"
曾子语圣人言："言必信行必果。"

天未亮曾子就跨出家门，
背着娘子烙的糖饼一摞。
来到海边跟随当地人涉险，
腰系长绳在山崖间穿梭。

采到几个燕窝又发现更好的，
曾子一下踩滑失足坠落。
他只顾把燕窝捂得紧紧，
哪管撞破前额伤了胳膊。

娘子闻讯赶来哭道："全怪我……"
曾子宽慰她把她点拨：
"为了你们娘儿俩我死而无憾，
不过你再许愿要三思后再说。"

范进当局长

范进中举不久又有报喜锣敲，
接着戴上了工商局长的乌纱帽。
最欢喜的是范进的岳丈胡屠户——
他的注水肉生意有了强力依靠！

以前给猪注水老是害怕被抄，
黑灯瞎火偷偷摸摸心惊肉跳。
如今灯火通明一干就是通宵，
灌得猪们死去活来才给一刀。

探听到别的屠户也做这勾当，
老丈人忙向女婿秘密举报。
工商局长带上众多人员赶去，
当场拿住罚该户一个底儿掉。

对罚没物品——细加清点，
悉数装车拉往胡家老巢。
屠户们被告知想做注水买卖，
就要到老胡家把注水费交。

发了大财的胡屠户买楼买车，
连城里女子也拉他去洗头洗脚。
范进惩治不法屠户口碑甚佳，
这官迷想尝尝当高官的味道。

可岳父对索要活动费连把手摇，
他深知有个局长当靠山的重要。
女婿升官心切出言不逊：
"你只识猪耳肥肠大尿脬！"

胡屠户虽不敢再扇女婿耳光，
却敢骂："你去撒泡尿兀自照照！"
翁婿时不时就吵将起来，
伴着后院猪被灌水的惨叫。

西厢新记

张生崔莺莺的婚恋好事多磨,
使女红娘往来传信从中撮合。
历经磨难有情人终成眷属,
大团圆的结局可喜可贺。

然而新婚蜜月尚未度过,
崔莺莺的生活便发生转折。
那张生一连几天夜不归宿,
呼唤红娘也听不到应诺。

这少妇凭本能觉出事有蹊跷,
忙让家人查找二人下落。
查到的结果令她无比震惊——
夫与红娘竟同居在一处寓所!

一刹那险些被婚变击倒，
怨恨与悲伤冲撞着心窝。
大家闺秀的她不会找上门撒泼，
崔莺莺痛定思痛想了许许多多。

人生真谛不是依附和等待施舍，
自己的前程全靠自己开拓。
整理好思绪铺纸研墨，
莺莺要做生活中的强者。

把哀怨悲情娓娓道来，
这小女子写开了纪实小说。
细腻的情感独白夹杂些隐私，
凝成的心灵之果酸甜苦涩。

印刷坊适时推出莺莺大作，
社会上很快掀起一股抢读热。
连张生的上司也成了莺莺书迷，
读懂了下属是寡情薄义的角色。

张生被革职落魄到沿海地区，
和别人倒卖些个走私水货。
红娘失去依靠进了酒吧，

当了陪酒女郎兼做按摩。

在婚姻失败面前战胜了怯懦,
崔莺莺显示出自重自强的品格。
古今中外才女数不胜数,
是她开了美女写小说的先河。

杜十娘投了江

李甲迷恋杜十娘靓丽多情善良，
却又贪孙富重金欲将其出让。
十娘万念俱灰将珠宝抛水，
以投江一死鞭挞了薄情郎。

真希望发生的是一场噩梦啊，
李公子顿足捶胸号啕了半晌。
他既为佳人走上不归路心碎，
又为那也属于自己的珠宝悲伤。

人死不能复生孙富劝他节哀，
眼哭肿了买滴眼液又要用银两。
还是联手再做桩买卖为好——
从水中捞宝然后五五分账。

李甲赞同并答应出力找人，
孙富垫钱打开了银箱。
找来一名水性好的渔夫，
月明人静之夜捞宝开张。

一件件首饰相继出水，
船上两个买卖人你夺他抢。
又有玉器精品举出水面，
哄喊着"我要"互不相让。

一次次被呵斥着扎入江底，
全不把他的死活放在心上。
怎能让这俩没人味的掠去宝物？
渔夫一斧头劈下水漫船舱……

两位常吃鱼虾的主儿惶恐万状，
想到了他们将成为鱼虾的口粮。
珠宝抓得再紧最终也要放手，
自私贪婪逃不掉可悲的下场。

曹操逃过华容道

火烧赤壁魏军狼狈溃逃，
曹操灰头土脸却闲情不少。
两次三番嘲笑蜀军师孔明，
笑声未落便遭到蜀军围剿。
到头来哀求关羽怜悯放生，
这才率众逃过了华容道……

残兵败将一踏上魏国地面，
打马在前的统帅又一声大笑。
部将趋前再问所笑何来，
曹操的得意之情溢于言表：
"逢凶化吉转危为安的秘诀，
此番终于让老夫悟到——

"当年高规格接待关羽，

未雨绸缪一百个必要！
上马金下马银连连设宴，
这般投资焉能没有回报！
生死攸关能放咱们一马，
乃是我不懈努力收到的成效！"

曹操一番话令众部将叹服，
他一摇马鞭又娓娓开导：
"若想遇难呈祥功成名就，
关键是和要害部门的人交好！
该下功夫务必把功夫下足，
反正朝廷备有银两供你开销！"

娄阿鼠潜逃

娄阿鼠即将走上刑场挨刀，
行刑前夜他却越狱潜逃。
这厮只知盗窃别无他技，
遂又溜进小区寻找下手目标。

他弄开门锁进入一幢豪宅，
找到大批现钞和金银财宝。
翻动抽屉又见信件名片，
这才知道光顾了大官的密巢。

娄贼鼠眼乱眨往座椅一靠，
揣上钱财并不拍屁股走掉。
有满厅满室巨额财产把柄，
他留下迫使主人就范的纸条。

娄阿鼠这招又狠又刁，
宅主乖乖到约定地点报到。
对要职要权的要求件件答应，
还允诺代办各种假证件一套。

这窃贼穿上官衣成了执法者，
他不屑于弄几贯钱的小打小闹。
纠集众多歹徒无恶不作，
一个个勾当全有黑社会的味道。

那官员却与娄贼结为至交，
还找"名记"对娄百般夸耀。
照片上报这忙可是帮过了头——
当事人正与通缉逃犯对上了号。

娄阿鼠再一次银铛入狱，
该恶贼恨得人们直把牙咬。
其实娄阿鼠也算立了一功，
是他偷得那贪官也败露入牢。

凿壁未能偷光

匡衡夜读苦于家无烛光，
很羡慕邻居家中灯光明亮。
人们编撰了"凿壁偷光"的故事，
把勤学苦读的精神四下传扬。
其实匡衡凿壁并未达到目的，
却引发了当地大案一桩——

这读书郎挥锤凿洞才敲了几下，
稀里哗啦就倒下三面大墙。
一项"豆腐渣"工程现了原形，
房主躲闪不及也被砸伤。
此恶性事故惹得街谈巷议，
有关部门忙派调查组进入现场。

原来盖此房时严重偷工减料，

层层转包给了最蒙事的承包商。
这家伙不用钱造房只营造关系，
但他却深得建委主任的赞赏。
这主任盖猪圈也不懂留不留门，
高价卖官给他的是该县县长……

本想夜读借些别人家灯光，
不承想敲出了蛀虫一帮。
办案人寻找匡衡出庭做证，
毕竟是他凿出了事情真相。
匡衡躲躲闪闪不肯露面，
担心凿塌墙壁让他赔偿。

最终他打消顾虑讲清了案情，
把他劝上法庭的是图书馆馆长。
馆长很器重这凿壁的青年，
对他好学的精神大为赞赏。
匡衡考试应聘成了图书馆馆员，
实现了日夜都能读书的愿望。

武松的座次

某地把梁山好汉纪念馆建起，
栩栩如生的好汉蜡像并肩伫立。
筹办者决定重新排定座次，
古为今用嘛，办馆也要有新意。

当他们排到行者武松之时，
发现这人存在诸多问题。
他头上虽罩着耀眼的光环，
看身后却留有许多劣迹。

武松一贯以"打虎英雄"自居，
把《保护野生动物法》视作儿戏。
一头欢蹦乱跳的斑斓猛虎，
就在这"法盲"的重拳下悲惨倒地。

武松的嫂子乱搞男女关系，
毒死亲夫武大伤天害理。
该妇不正经，武松早有觉察，
但对其挽救防范均不得力。

梁山好汉竖起替天行道大旗，
反对封建压迫可歌可泣。
而武松在军中带发修行，
这表明他有着一定的信仰危机。

武松大醉后往往骁勇无比，
似乎酒精是最好的武器。
酗酒只能给社会造成公害，
这负面影响必须考虑！

从思想作风表现综合分析，
武松的蜡像被搬着屡屡后移。
梁山好汉共有一百零八将，
武松最终排到一百零七。

唐僧的新磨难

唐僧四人取得真经返回长安，
师徒们依依难舍洒泪四散。
唐王在金殿授唐僧大权，
拨出重金速建佛学院。

各路大仙闻讯拥到唐僧面前，
谁不想给下属施工队找些活干。
这长老不懂招标也不知选优，
取经时帮过他的都有合同签。

接下来是层层转包偷工减料，
佛学院工地上乱作一团。
未来的唐院长对此浑然不知，
他一门心思只想着日后的讲演。

那传经楼耸起尚未装修，
便轰然倒塌变成废墟一片。
没有青面獠牙的妖魔却也吃人，
大批民工血淋淋被捂在里面……

僧众从各地赶来欲听经文，
唐长老难以接待坐立不安。
佛学院只好租套写字楼扎营，
接二连三却又发生重大案件。

那主管会计有着一副慈颜，
竟卷走了国宝袈裟和巨款；
杂役乱烧垃圾引燃大火，
使学院传经再次拖延。

有关方面追究领导者责任，
唐僧主动受罚心生伤感：
"取得真经并非万事大吉，
有好经不好念也是枉然。"

孔子再论"三人行"

某协会把孔子请进研究所，
举办"三人行必有我师"的讲座。
与会者听罢又和尊师座谈，
会散还有二年轻学者留下切磋。

看他们血气方刚朝气蓬勃，
孔子深信可学他们之处甚多。
三人出所在一处街边公园再论，
这里环境幽静日暖风和……

忽然一女子跑来呼喊"救我"，
后面追着个持刀的家伙。
附近少有行人草木遮掩，
这局面老夫子从未经历过。

歹徒冲到面前模样凶恶，
手里挥动的尖刀寒光闪烁。
孔子感到身后不光是女子在躲，
有三个人在抓住他的长衫哆嗦。

夫子说道："吾等合力救美!"
然而此话说了如同没说。
他又气又急去拉二青年，
那俩却一味在他身后畏缩。

孔子踢开他们上前理论，
那歹徒不答举刀便戳。
就在这千钧一发危急时刻，
鸣笛赶来了巡逻的警车……

歹徒就擒女子得救孔子无恙，
那二学者仍吓得面如土色。
孔子摇摇头搀起他们，
口称他们为师拱手让他们上座。

看二人面露愧色心有困惑，
孔夫子坦然谈出心得：
"何为色厉内荏汝等演示得好，
多谢老师从反面给我上了一课!"

关羽爱手机

关羽过关斩将驰骋千里，
护送皇嫂与皇兄失散团聚。
刘备深感二弟大仁大义，
购买送给关羽一部手机。

这手机款式新功能多样，
彩屏悦目机身薄平俏丽。
关羽把青龙刀撂到一旁，
捋着美髯看手机心中欢喜。

爱手机首先是兄长赠予，
再按按键钮个个神奇。
它能向他预报天气，
还能鸣奏汉室乐曲……

桃园结义三人对坐有话好说吧，
关羽自顾自低头玩起游戏。
刘备问他话他却傻笑，
原来是看短信幽默开心有趣。

关羽还拿手机为刘张二人拍照，
尽管那二人很不乐意。
印出一看刘备哭丧着脸，
生气的张飞胡子翘起……

有人打手机向关羽求助，
说他为救弱女头被棒击。
若不能及时付费完成手术，
就要落下终身残疾。

"义"字为先的关羽毫不犹豫，
按对方提供的账号将银两汇去。
汇了几次后刘备派人调查，
方知"求助"是一个大骗局。

刘备说："手机真不是好东西！"
关羽辩驳："兄长所言有误矣。
岂可骂手机乎？手机无辜，

骂只能骂使用者小人卑鄙!"

后来关羽走麦城惨遭杀害,
手机与悲剧的发生难脱干系——
关羽骑马只顾看手机不看路径,
这才中了被绊马索绊倒的奸计。

南郭先生办班

眼见社会上办班十分来钱，
南郭先生手拈胡须盘算几天。
凭着自己天资聪明脑子活泛，
就在室内办他个"吹竽大师班"。

挂起"正宗皇家吹奏乐师"匾，
匾下亮出的广告牌醒目抢眼：
"想当演奏家快来报名吧，
谁报名谁就有成功兑现！"

长个嘴就可以填写报名单，
有口气儿的都能成为学员。
顾不上看来者是呆是傻，
南郭紧忙着把瘪钱包塞圆。

其后的教学绝对简单：
嘴巴凑近吹孔有所震颤；
用不用力都无关紧要，
听不听课也悉听尊便。

这一日举行结业庆典，
吹竽的摔竽的竞相表演。
有人鼓囊囊腰掖个录音机，
摇头晃脑放出小曲一段。

南郭笑眯了眼脱口称赞：
"此生真乃青出于蓝胜于蓝！"
依次发给学员结业证书，
大家得其所哉一哄而散。

南郭雇得"名记"总结经验，
吹竽班被誉为"人才学院"。
接着室内再一次热闹非凡，
第二期吹竽学员又将招满。

宋人出名

宋人"守株待兔"传为笑柄，
人们讽其愚蠢不知变通。
这宋人被人嘲弄却没事偷着乐，
在人前更是掩饰不住高兴。
为何不觉难堪反以为荣？
他临死才把谜底说给儿孙听：

"哪会老有兔子撞树送命？
我守在树下是假装不懂。
农人一年到头面朝黄土，
不想个鬼点子怎能出名？
如今的我已然家喻户晓啦，
连词典上都写着我的事情！

"出名真好啊，受关注也受照应，

许多困难事变得轻松。
去信用社贷款买农用物品，
互相打着哈哈就能搞定。
我的名气就是无形的资本，
你等发家致富已是水到渠成……

"我一死你们就办起旅游景点，
炒作要点是突出典故风情。
'守株'的大树是重要标志物，
要立好护栏至少两层。
树下放置我的蜡像，
专供游客拍照合影。

"树对面开旅馆能睡人即可，
但是要建好敞亮的餐厅。
上桌的菜肴多用兔肉，
就说是用那只撞死的兔子克隆。
时下专有人喜欢奇食异味，
只要能蒙就多把他们的钱蒙！

"'守株待兔'荒农田看似傻瓜，
现在你们该知道我是真聪明！
照我说的做你们发财去吧，

新一代家谱将记载我的成功。

你们发丧我千万别奏哀乐，

要用一曲《喜洋洋》埋我入坟坑。"

苏武叫苦

科学家打开了时光隧道之路，
各朝古人纷纷从隧道口迈出。
有媒体组织评选最有气节的人，
列于榜首的是汉代苏武。

苏武被囚禁异邦一十九年，
千难万苦磨灭不了爱国情愫。
坚强的意志谁不钦佩，
其高风亮节令人折服。

于是大机关接苏武做燃情报告，
院校争抢着请苏武谈人生抱负。
电台电视台采访苏武不断，
作家则忙着为他组稿出书。

了解到苏武独身尚未婚娶，
众多美人向他表达爱慕。
玉照和简历传真大雪般飞来，
电信及相关产业骤增了收入。

苏武做形象大使几处露面，
拍社会公益广告多方涉足。
史学家恳切请他校正汉史，
时装师热情邀他设计胡服。

从早到晚难有一分钟安闲，
年老气衰的苏武疲于应付。
向他求助借贷的成群结队，
夜以继日包围着他的住处。

有人以苏武的名义集资敛财，
受骗者联名把苏武起诉。
苏武又请律师又受庭审，
总算把犯罪的嫌疑解除。

苏武再也不想玩下去了，
趁着夜深人静改换了装束。
逃入时光隧道前留了个纸条：
"汝等宣扬我把我毁得好苦！"

钟馗难打鬼

闻听某胡同夜间频频闹鬼，
钟馗连忙赶去打鬼除祟。
一条街上几个鬼影逞凶作恶，
眼见钟馗扑来全不避讳。

有的在灯光下拦截妇女，
有的把灯箱广告踢碎。
钟馗执法剑喝道："住手！"
等待众鬼讨饶下跪。

不料众鬼笑骂着把他包围，
对他的威慑全不理会。
钟馗猛闻到浓重的酒气，
才明白是几个人喝得大醉。

一刹时钟馗乱了方寸，
被一个醉鬼抱住后背。
另外的扯他胡子揪他耳朵，
还有个把香蕉皮塞他一嘴。

受嘲弄的钟馗正想发威，
背后呕吐物已如开闸放水。
这位打鬼专业户拼命挣脱，
脖颈和背上还是吐满污秽。

醉鬼们不依不饶又缠上来，
钟馗又气又急沿街败退。
这时有辆汽车游龙般驶来，
势孤力单的他忙把手挥。

钟馗让车停车偏不停，
照直冲向他而把隔离墩撞毁。
撞烂前脸儿的车子车门敞开，
从里面冒出呛人的酒味……

远处警铃鸣响警车闪现，
钟馗忙逃离现场疾走如飞。
怕的是做证要索看身份证，
他拿不出会惹上麻烦一堆。

东施后人写艳史

美西施心口不适蹙眉以手按胸，
让人不免生有怜香惜玉之情。
丑东施学西施样子欲听到赞美，
结果丑上加丑传为笑柄。

东施家一传传至九十九代，
此代贤孙选择写作为生。
苦无美女身体作写作本钱，
他便挖空心思另辟路径。

先祖母东施可笑尽人皆知，
她的名人效应大可一用。
以东施后人的身份写她的艳史，
书一出在世间肯定轰动。

这小子遂废寝忘食罗织大作，
绞尽脑汁作践他的祖宗。
在"色"字上做文章不遗余力，
紧抓住"性"的环节文如泉涌。

写东施和好龙的叶公塔下幽会，
写东施与吹竽的南郭雨夜私通。
巧遇商纣王的妃子妲己追随其后，
得色诱真传进豪门成富婆而终……

此人父母看了文稿大惊，
斥其不知羞耻败坏门风。
儿子大言不惭口吐宏论，
直气得二老干瞪眼睛。

"羞耻不羞耻我懒得去想，
我只想出人头地改变平庸。
什么道德门风全都微不足道，
能出名发大财才是重中之重！"

此人在网上透露了书的内容，
就有出版社寻来与他签下合同，
就有媒体为其书大加炒作，
据说此书未上市已预订一空。

雷雨宫探秘

天上雷雨宫专事行云播雨，
可宫内人员合作得并不默契。
致使地面大旱大涝怨声载道，
这其中的问题究竟出在哪里？
有记者混上天庭私查暗访，
遂揭开了该部门一些秘密。

雷公和电母都爱自行其是，
当然他们都有他们的道理。
收盐工好处的想着给艳阳天，
得田农红包的忙着送甘露雨。
遇到阴一阵晴一阵你也别见怪，
那多半是他们在相互赌气。

一次某地搞庆典想湿润空气，

请雷公赴宴却忽略把电母邀去。
届时雷公挥臂擂鼓忙个不停，
电母哼着小曲出工却不出力。
这就是"干打雷不下雨"的起因，
闹哄半天也没见水珠打湿地皮。

此地又请二位都入贵宾席，
他们宴上喝高了极力表现自己。
借着酒劲在云头大施其功，
一时间雷声轰响闪电猛劈。
天河巨浪咆哮着闯向人间，
下面大水泛滥多处决堤……

此事过后并未受到追查，
人们靠天吃饭仍在继续。
让人难以恭维的不只雷公电母，
云小子风丫头也各有怪脾气。
您该明白风调雨顺多难得啦，
把他们全摩挲顺溜了谈何容易！

慈禧的新生意

某公司推出一种时间机器，
能一下拉近时代的距离。
只要坐进轮椅按动键钮，
古人就显现荧屏回答问题。

各朝各代的人物竞相露面，
出现频率最高的是清代慈禧。
当年太后于今炙手可热，
约见她的已达三百二十好几。

史学者向她询问垂帘详情，
影视界向她打听宫闱隐秘。
美食家向她了解御膳品名，
化妆师向她索要养颜方剂……

一拨人谈罢一拨人继续，
看他们各有所得皆大欢喜。
"合着拿老娘当摇钱树啦！"
这刁婆子岂甘心被人榨取。

凭什么白白打扰我的休息，
名声再臭也不是那样好欺。
荧屏上打出一项声明：
"即日起有偿提供信息。"

然而机前咨询者有增无减，
反正工作需要可开报销收据。
昔日皇帝女儿不愁嫁，
今天皇帝他妈不愁没人理。

老太婆一本万利做起生意，
以秒计价一律收取外币。
虽说陵墓曾两次被盗一空，
可于今她又有了大宗积蓄。

戴宗下山

神行太保戴宗以健行著名，
急行传信曾为山寨立下大功。
可时下手机畅销传真机好用，
还有速递公司包揽信件快送，
头儿们不再差戴宗去跑个不停。

好腿脚的戴宗逐渐被闲置，
竟至被编入后勤环卫营。
这日他拎着扫帚清扫路径，
思忖如此下去怎配当山寨头领，
苦恼和郁闷冲撞着好汉的心胸。

这汉子上街不去卦摊算命，
却走进点子公司请人指点迷津。
专家询问了他的优势和长处，

建议他运动场上一显雄风——
健行本是田径场上的基本功。

戴宗欲学新艺挑战平庸，
此举在山寨引起极大轰动。
梁山集团为他赞助银两，
离别日众好汉举杯为他壮行，
戴宗下山又踏上新的人生里程。

戴宗忙送餐

神行太保戴宗辞别了山寨好汉，
对开拓新生活信心满满。
他来到都市住进社区，
步入了普通人的生活圈。

水土不服他突染重病，
人地两生的他命悬一线。
邻居有人付钱送他进医院，
还有人昼夜替班把他照看。

众人的手拉他从死亡线上生还，
戴宗逐渐康复感慨万端。
再不想当什么人上人高官，
进而思忖何为"义"的内涵。

生病的经历是极好的一课，
让他了解了普通人内心的情感。
他也要做普通人做好人，
去帮扶别人为他人解难。

要融入社会还要发挥特长，
斟酌再三戴宗去做送餐员。
他一反常规不骑电动车，
因之免去了充电逆行的麻烦。

这位大叔级的送外卖小哥，
背上送餐包步伐矫健。
一天下来筋骨舒展浑身舒坦，
他的名字时不时跃上好评栏。

武汉爆发新冠病毒传染，
每位国人都迎来风险和挑战。
疫情中戴宗并不畏缩，
而是急叫急送毫不迟延。

头上戴了口罩把口鼻遮严，
戴宗两脚生风跑动更欢。
当您点餐感到送来迅捷，
说不定就是戴宗接的单。

新编《白蛇传》

法海要实施重建金山寺工程，
可是缺少一大笔修缮费用。
他找药店许仙洽谈制售假药，
还提出收益按五五分成。

许老板对制假售假并不感冒，
却对法海身边的小秘兴趣颇浓。
那娇嗔的语调妖娆的身条，
把许仙的五官牢牢锁定。

于是许公子在别墅包养了二奶，
药店买卖交由法海一手经营。
白娘子嫁给许仙后闲居在家，
忽发现丈夫的手机拨打不通。

雇请了私家侦探四下查找，
方见到负心汉她悲愤难平。
涕泪交流劝君莫走邪路，
闹得许仙有一刻也无地自容。

法海只担心他的善事难终，
赶来施法让白娘子现了蛇形。
混同动物走私拐卖到境外，
在一家酒店厨间惨遭油烹……

小青为主报仇水漫金山，
化工厂污水横流浊浪涤空。
法海念动退水咒全无灵验，
忙钻进难降解餐盒遁入土层。

这侠女又仗剑追许仙不停，
许仙拼命窜逃冲过一座桥顶。
轰的一声桥塌小青落水，
"豆腐渣"工程救了许仙一命。

请别指责上文编得荒诞，
它的每个细节都来自生活中。
虽然整个故事出于虚构，
拆开看件件事都常发生。

徐霞客遇险

早听说有几处名胜值得一瞧，
徐霞客攒足了盘缠起个大早。
老旅行家赶到车站欲乘车行，
只见车牌上糊严了大小广告。

正发急有位大嫂热情介绍，
前边一辆豪华大巴档次颇高。
老先生高兴上车忙着购票，
这车绕了俩弯儿突然抛锚。

乘客只好挤进一辆破旧汽车，
颠颠撞撞冲上一条崎岖山道。
真担心刹车不灵翻到谷底呀，
一路上老先生吓得心惊肉跳。

这让人失魂的车总算停了下来，
导游引导乘客到饭馆歇脚。
对那满墙菜谱看也不看，
徐老只掏出带的饼子细嚼。

几名壮汉挨桌向乘客讨要，
不吃饭也要把"闻香费"交。
没奈何老先生点了一碗汤面，
端上来稀汤寡水的哪见油星漂。

老先生感觉口渴吸溜了一口，
却被破碗边划得血从嘴里冒。
有人安慰老先生莫慌莫怕，
搀扶他到对门诊所治疗。

医生拿出胶水说粘粘就好，
徐老一看是粘自行车胎的材料。
他推开医生夺门而逃，
这样的旅行还是不旅为妙！

刘姥姥重游荣国府

听说是家道败落人去屋空，
听说是庭院荒芜草木凋零。
一想起曾经做客的荣国府，
刘姥姥心里就涌上怀旧情。

而今荣国府修葺后成了景点，
这可真让刘姥姥十二分激动。
她卖了一车粮食凑足盘缠，
去旧地重游满心都是高兴。

待她兴冲冲赶到荣国府前，
那高价门票却让老太太一愣。
有人傍过来拉她走到旁侧，
说可以半价把她送入园中。

于是刘姥姥撵住那人后影，
又绕又钻累得腰酸腿痛。
翻过一个墙豁进入院内，
听得不远处馆前有乐曲声声。

这里正进行"元妃省亲"表演，
可隆重的仪式却成了闹剧起哄。
扮元妃的女子搔首弄姿，
一次次把飞吻抛向观众。

听小曲奏的竟是《何日君再来》，
刘姥姥气得直啐唾沫星。
那简陋的楼阁旁沟水泛臭，
谁到这里都骂景点把人坑。

一条土路通向特色货摊棚，
有人大声兜售着风月宝镜。
刘姥姥不想买可摊贩硬塞，
这手还没拿稳那手已松。

一块镜子落地摔得粉碎，
老人被揪住让把钱付清。
遭遇"碰瓷儿"刘姥姥有口难辩，

她连推带甩挣扎着逃生。

众摊贩紧追不舍哪里肯放，
追得"猎物"和"摩的"抢行。
看老太太头破血流倒地"晕菜"，
追人者这才骂骂咧咧地收兵。

牙齿脱落了脸上鲜血淋漓，
刘姥姥被车撞伤得不轻，
这一趟重游如做噩梦，
跑回家后仍然胆战心惊。

菩萨发怨声

某地山上有一处佛家胜境，
入夜无人参观四外宁静。
殿堂里菩萨们却不肯休息，
争相宣泄出哀怨之声。

大卧佛辗转反侧气愤难平：
"那些游人也太缺少德行！
放任顽童在我周身乱爬，
一个淘气的竟尿我一脖梗。"

笑佛弥勒气得眉头紧拧：
"那些妙龄女子好不知自重！
一屁股坐我肚子上拍照留念，
大庭广众这成何体统？"

118

观音菩萨露出一脸愁容：
"苦海无边，有人总要起哄。
若不是我站得高，离着远。
难免让他们画上胡子和眼镜。"

如来佛祖一副无奈的神情：
"阿弥陀佛，这圣殿已无其圣。
男女在此狎昵失态伤风败俗，
吾亦只好双手捂耳闭了眼睛。"

有菩萨抱怨哼哈二将不哈不哼，
有菩萨责怪四大天王护殿无能。
这算什么神仙过的日子呀，
大家唏嘘慨叹直到天明。

该寺管理者对这些可不想听，
他们最关心的是收入额上升。
翌晨两个售票口开成了四个，
笑看游客一窝蜂地向着殿里拥。

孙悟空收债

孙悟空保唐僧取经后荣归故里，
在花果山建起了果品生产基地。
这日手头缺少现金一查账发现，
客户猪八戒欠着货款好几大笔。

悟空决定只身前去收取，
带上信用卡先去置办见面礼。
给八戒娘子买了时髦化妆品，
给小八戒买了新款游戏机……

昔日的高老庄已升格为高老市，
八戒开的连锁店遍布市郊区。
货架上码放着鲜果干果罐头果，
花果山的品牌火了这里的生意。

八戒见师兄到来摆下筵席，
又唤来妻儿一同小叙。
悟空随即拿出礼品相赠，
宾主频频举杯皆大欢喜。

等桌边只剩下了师兄弟，
悟空左绕右绕才把欠债提起。
八戒闻听猪脸呱嗒拉成驴脸：
"我这本难念的经也正念不下去——

"八戒开店常找银行贷款周转，
这银行行长是王母娘娘的女婿。
他私下几次从我账上划款炒股，
说是还本付息其实是玩笑一句。

"据说这行长也是债权人，
手里拿着大把的借据。
欠他钱的有玉皇爷的干女儿，
还有观音菩萨的什么堂弟……"

悟空听八戒诉苦抓耳挠腮，
明白这罗圈债讨不出头绪。
师兄弟久别重逢却愁肠百结，

面对丰盛的酒筵没了食欲。

尽管心里特不是滋味，
悟空还是安慰八戒"别急"。
喊声"去也"，一筋斗翻回花果山，
钻进水帘洞独自大生闷气。

孙悟空遭讨要

孙悟空保唐僧取经后荣归故里，
在花果山建起了果品生产基地。
他经营有方讲究信义收入也高，
但额外花销也多得难以统计。

太上老君捎话来说修缮庙宇，
悟空连忙把一宗货款汇去。
当年吃了他仙丹踢坏他炉子，
早想找个机会表达一下歉意。

王母娘娘欲办花展找他捐资，
悟空筹足现金转账不迟疑。
那回搅了蟠桃会理应补偿啊，
何况老太太张回嘴也不容易。

观音菩萨的堂弟送来结婚喜帖，
悟空大大方方送他贺礼。
取经路上一次次逢凶化吉，
这菩萨真没少帮助自己。

小沙僧出洋留学向伯伯辞行，
悟空一个劲儿夸他顶有出息。
为师弟的孩子助学岂能含糊，
他痛快地拿出了大笔积蓄。

太白金星赶来请他代缴所得税，
弥勒佛憨态可掬找他报销单据。
各路大仙竞相追着屁股讨要，
刚送走一批又拥来一批……

再变出几个大圣也招架不住啊，
爱谁谁了悟空无奈地选择逃避。
他一个筋斗翻到如来面前：
"恳请佛祖快把悟空重压在山底！"

沙僧搞餐饮

取经后沙僧辞别了唐僧三人，
回到流沙河拜会乡亲。
有人劝沙僧经营餐饮，
说好歹搞搞就能日进斗金。

沙僧乐意贷款办下执照，
又租门店又把人员招聘。
饭店地处闹市繁华街区，
经过一番筹备开张迎宾。

沉稳的沙僧不喜欢张扬，
没料到有那么多人致贺涌进。
不请自到的有天王天兵天将，
还有各路的菩萨神仙。

沙僧忙请宾客围桌坐定，
吩咐店里伙计们招待殷勤。
端上的菜肴色香味俱佳，
用餐者个个吃得开心。

有人食罢说买单沙僧不允，
他道都是朋友提钱生分！
大家打着饱嗝拱一拱手，
祝店老板开业大交财运。

第二日又来了众多罗汉，
簇拥着太白金星太上老君。
四个龙王的公子也凑热闹，
邀上亲朋在沙僧店集体结婚。

众仙三五成群频频光临，
酒足饭饱拍拍屁股出门。
临走还都爱说："不客气啦，
谁让我们大家都是熟人！"

尽管这饭店门庭若市，
收银台却难收进纹银。
听着后厨炒勺叮当作响，

沙僧的心里一阵阵发紧。

这一日群吃店空无钱采购，
沙僧关门一算赔了老本。
忙碌多日他不白忙得个教训：
"杀熟"这把软刀子可真是狠！

嫦娥的遭遇

嫦娥在月宫住得寂寞，
看人间明星受宠很是眼热。
于是飞落都市欲一展才艺，
也想享受一番现代生活。

有人一不留神就名满华夏，
出书出访买豪宅名车。
而嫦娥满怀自信踏进演艺圈，
悟到的只是诡谲与苦涩。

大家闺秀的她不会吹吹拍拍，
送礼托人的事也全都不做。
尤其讨厌应酬陪吃陪喝，
听到黄段子更是面有愠色。

一任有人说她迂腐守旧，
不怕周围喊她傻妈呆婆；
床上戏炒得再火她也不接，
广告费出得再高她也不脱。

可叹嫦娥能歌善舞形象极佳，
却一次次受到漠视冷落。
生活凄凉嫦娥不改初衷，
用洁身自好坚守着人格。

终于得到某大公司赏识资助，
嫦娥等来了登台献艺的时刻——
一个有钱人的休闲聚会，
款爷靓女及爱犬都是座上客。

嫦娥舒袖且歌且舞，
台下则嗑瓜子玩手机说笑取乐。
有条狗挣脱某女的牵引，
蹿上台咬住嫦娥长裙撕扯。

高雅的艺术竟遭此蹂躏，
直气得嫦娥浑身哆嗦。
她一拂长袖飞返月宫，
何时再落人间还真难说。

杨贵妃失算

凭着天姿国色，邀宠有方，
将三千宠爱集于一人身上。
正所谓呼风有风唤雨来雨，
杨贵妃的宫中生活惬意舒畅。

然而她对并列四美却耿耿于怀，
确信四大美人中自己最靓。
为什么不办个赛美大会呢？
有国君撑腰她要把美后当当！

杨贵妃撒着娇道出这一打算，
唐玄宗闻听极为赞赏。
盛邀前朝靓女光临赛会，
并自任了赛美大会秘书长。

王昭君西施貂蝉先后抵都，
百姓争睹风采万人空巷。
迎美最来劲的当属皇帝爷，
玄宗本来就是花心花花肠。

他挨个儿去美人的寓所探访，
送去化妆品首饰和时装。
赞这个娴雅，夸那个端庄，
只是把杨贵妃晾在了一旁。

他把众姐儿传上殿堂，
摆下名肴鲜果和佳酿。
与这个说笑，听那个弹唱，
早将赛美大会的事忘了个精光。

杨贵妃看在眼里气得脸黄，
心儿酸酸的像泡进醋缸。
再找太监来个醉酒也于事无补，
糟心局面让她悔恨得直想撞墙。

《杞人忧天》后传

杞人忧虑天塌坐立不安，
被人们茶余饭后传为笑谈。
可他又听说空间确有不少星体，
能老远地飞来撞击地球表面。

为此杞人急匆匆跑进博物馆，
仔细把一块块陨石观看。
这家伙砸下来也非好玩儿的呀，
砸在哪儿也是一场灾难。

他又像忧虑天塌一样失了眠，
出家门便抬头上望不敢眨眼。
好几次险些迈到汽车轱辘上，
司机骂他什么只作没听见。

每一秒钟都有可能星体砸落，
杞人从银行取出全部存款。
发生了什么事都要吃要喝啊，
金钱向来和生命紧密相连。

杞人把大额钞票用布包严，
再把这包缝在内裤里面。
肚子旁凸现鼓囊囊的一团，
随时能摸到心里坦然。

这日有家超市又开连锁店，
大桶油半价销售限定时间。
杞人兴冲冲挤入人群抢购，
两手拎着五桶油满心喜欢。

在收银台他习惯地碰碰要害处，
鼓包不见了肚子又湿又黏。
他丢了油桶摸到一手血，
这才知道着了贼人的刀片。

再也顾不得会飞来什么星体，
飞来的横祸让他丢了一大笔钱。
杞人懊悔地摇头大喊：
"全怪我没事找事总是忧天！"

七夕相会难

一年一度牛郎织女鹊桥会面，
鹊鸟飞拥早早把天桥搭建。
牛郎拖儿带女心如急箭，
那端织女的双眼已然望穿。

分别的夫妻要倾诉多少思念啊，
为娘的好想抱抱她的宝贝心肝！
可鹊桥上忽然竖起一排路障，
通道叉腰堵上来几拨大汉。

一个乡干部打扮的把牛郎阻拦：
"国家实行计划生育已经多年，
只生一个好你却弄两个捣蛋，
想过桥乖乖补缴上超生款！"

一个村长模样的瞪着双眼：
"这里聚鸟黑压压成千上万，
鸟屎下落污染农舍村馆，
想过桥必须拿出一份环保钱！"

一位官员派头的义正词严：
"你们两口子大哭儿喊娘唤，
深更半夜的有扰民之嫌，
缴纳相应的补偿金才好了断！"

一位领导腔调的耸耸双肩：
"七夕相会国人皆知准时聚散，
我已选派专人为你们通报时间，
组织费值班费均由你们摊！"

牛郎织女交不出钱过不了关，
相望不能相会盼了一年白盼。
夫哭妻娘呼儿声声凄惨，
葡萄架下谁听了能不心酸！

弥勒下岗

庙堂翻修没有那么多座位放，
笑佛弥勒接到一纸通知下岗。
虽不情愿也只好走出寺门，
位列仙班的他不免有些惆怅。

好在弥勒生性乐和没有愁肠，
他随意在繁华都市东游西逛。
走累后步入一家茶馆落了座，
无拘无束地袒露着肚囊。

这位喜眉笑眼的慈善佛爷，
很快引得众多茶客围上。
大家和他攀谈说笑合影留念，
给茶馆平添了乐融融的景象。

弥勒的到来让茶馆生意兴旺，
报刊记者闻讯争相采访。
电视台适时接弥勒去做嘉宾，
大款家喜宴寿宴也邀其捧场。

如此好人缘好福相名人效应，
休闲娱乐广告业怎不把他疯抢！
被当作摇钱树弥勒并不介意，
总是笑曰："善哉——有福同享。"

这日弥勒谢绝各方应酬，
重归庙宇把昔日佛友看望。
徒步而去的他从高档轿车迈出，
经纪人提着笔记本电脑跟在身旁。

弥勒由随从簇拥着笑得好爽，
众佛皆向他投出羡慕的目光。
离开原位置并不一定是坏事，
也许更能发挥他的特长。

楚人画蛇添足后

楚人画蛇画得又快又好，
可他洋洋自得为蛇画脚。
结果一壶美酒拱手让人，
每想到此事就满心懊恼。

这一日朋友再聚会相邀，
案头又有美酒芳香缭绕。
而主人这次不再让画蛇，
却让快快画出螃蟹相貌。

在场众宾客都挥起笔来，
楚人画出蟹团一对大螯。
往下画去楚人猛然难住，
螃蟹的脚应否画上八条？

用心想想切莫随意落墨，
细加思忖不可信手涂描。
画蛇添足已是尽人知晓，
此番画蟹岂能再成笑料！

这楚人很想尝美酒味道，
欲画上八条腿却又动摇。
思过来想过去恨骂螃蟹，
这横行的家伙早该烹烧。

看人家运画笔挥洒不停，
这楚人神难定心浮气躁。
越是着急越拿不定主意，
楚人思绪烦乱汗珠直掉。

八脚蟹由别人抢先画好，
楚人画蟹画了一半拉倒。
做多余的事自然是徒劳，
行动迟疑结局同样糟糕。

东郭先生又一次遇狼

东郭先生险些被狼吃掉，
他逢人就宣传狼的残暴。
这一日讲完了走在荒郊，
忽听山前传来了哀叫。

他急急忙忙跑过去一瞧，
一只狼落进陷坑难往外逃。
尽管狼一身都是可怜相，
老先生望着它却把牙咬：

"上一次的教训我记得牢牢，
今日你休想再耍花招！
遇到我你得到的只是早死，
别打算再从我手里跑掉！"

他举起一块斗大的石头，
对准狼头狠狠一抛。
狼看到石落拼命躲闪，
还是砸中了大尾巴梢。

"叫你残害无辜嗜血成性，
今天大石头喂你个饱！
让你不思改悔恩将仇报，
砸你成肉饼恨也难消！"

他又抄起大石头几块，
接二连三砸向狼腰。
狼嗷嗷叫着就地打滚，
没砸着骨头砸着了皮毛。

他边说边砸，越砸越恨，
忙得手脚不停胡子飘飘。
狼身上没挨着几下，
坑内的石头倒在垫高——

就在老先生搬石的空隙，
狼扒住坑口往上一跳。
趁着老先生惊魂未定，

夹着尾巴仓皇而逃。

投石砸狼却给了狼活路，
东郭先生愣住心生懊恼。
做事要有冲劲还要讲章法，
这一次的教训也不能忘掉！

东郭先生再遇 "狼"

东郭先生晚年居于都市楼房，
这天住室房门被急促敲响：
"有人追我害我东郭先生救我！"
来人直呼于他一副可怜模样。

听到楼下又传来脚步声，
东郭一指储物室叫他躲藏。
又敲门走进来几名警察，
说抓捕猥亵女子的持枪流氓。

东郭一惊随即镇静下来，
这才知道藏进他家的是个色狼。
让警察直接抓他并不妥当，
那家伙有枪难免会狗急跳墙。

他心生一计高喊："我家没来人!"
一指储物室和警察耳语商量。
有的警察出门向楼下走去,
有的警察埋伏到卧室门两旁。

当下楼的脚步声渐行渐远,
东郭告诉那人出来已然无妨。
那家伙如释重负向东郭笑望:
"老东郭你还是那个菩萨心肠!"

他环顾了装潢典雅的居室,
掏出枪来向东郭比画摇晃:
"为感念你救我的大恩,
我要向你借用些银两。"

东郭表示听从允诺帮忙,
说存折珠宝都在卧室抽屉放。
那人跟随东郭入室并无提防,
门两侧的警察一拥而上。

看歹徒被戴上手铐拿去枪,
东郭先生捋髯开心言讲:
"一个人不能同个地方两次跌倒,
东郭也不能两番遇狼两回上当!"

新版《叶公好龙》

闻听叶公爱龙爱得如醉如痴，
家里遍挂龙画摆放龙的雕饰。
龙受宠若惊甚感欣慰，
这晚便找上门去欲与结识。

龙腾云驾雾来到叶公窗外，
叶公正有滋有味吟着颂龙诗。
龙扬起龙头越窗而入，
叶公却吓得倒地面如灰纸。

趁着龙目一眨的间隙，
叶公一推柜门滚进储藏室。
此公不见了是何道理？
龙环顾空房若有所失。

摆摆尾巴龙正觉困惑，
忽闻隔壁有人呼唤不止：
"一条龙，多好的一条龙！"
听来发自内心感情真挚。

龙将龙体摆进这家房里，
只见牌友围桌搓麻火炽。
人们对龙的到来睬也不睬，
更别提有什么欢迎的表示。

龙这才明白刚才的呼叫，
不过是赌博赢钱的标志。
在此逗留只能自讨没趣，
那输钱的已经对它怒视。

龙跃上云天舒展开腰肢，
感到此行使它更深谙人世。
口头表面的承诺并不足信，
只有亲历才能检验真假虚实。

八戒出自传

猪八戒在生意场上春风得意，
还当上了跨省有限公司总经理。
他财大气粗事事遂心，
唯想到《西游记》便一肚子气。

贪吃嗜睡追女人着迷，
这与商界大款形象多不相宜。
八戒决心自己出本自传，
请来文坛名家捉刀代笔。

在总经理豪华会客室里，
主人咧咧长嘴向大家交底。
他两耳垂肩非常人所能及，
一对眼睛虽小却透出灵气。

"本人长期受辱已该终结，
以讹传讹再不能允许！
拜请各位还历史真实面目，
有几件往事务请代为阐叙：

"说什么八戒把嫦娥调戏，
实际是嫦娥约我一吐心曲。
被人撞上她便撒泼栽赃，
只为保住女人自身的名誉。

"在下虽气恼却不改侠肠，
一任玉帝惩罚牺牲了自己。
从此威武的天蓬元帅消失了，
丑陋的猪面八戒受人鄙弃。

"高老庄背媳妇也是冤案，
事实是我和悟空同救弱女。
猴头稀里糊涂趴在我的背上，
于是产生了嘲笑八戒的结局。

"谁都知道孙猴子天性顽皮，
取经成功全靠八戒倾尽全力。
是老猪三盗芭蕉扇三打白骨精，

才保得唐长老一次次化险为夷。

"好吃懒做的是沙僧和尚,
是他贪吃西瓜乱丢果皮;
动不动就闹散伙的是白龙马,
慑于我的武功他才不敢逃离。

"是八戒火眼金睛疾恶如仇,
是八戒杀得妖魔一败涂地。
九齿钉耙一举势不可挡,
这些尽可以写得痛快淋漓。

"愿妙笔生花自传早成佳作,
本公司已备好一笔重金奖励!"
八戒搭好了写传班子,
又一本名人自传面市在即。

格格现身

一位清代格格长眠后睁开双眼，
从电视里看到演员获奖的场面。
演格格的女子笑捧鲜花奖杯，
少男少女"格格、格格"狂喊。

场外还有大批粉丝把演员守候，
为得到签名跑了上千里远。
一个假格格就受到如此欢迎，
真格格现身其场面能不壮观？

听房东讲时下正兴"格格热"，
格格便向房东借了上路盘缠。
一身清装坐在车上显得另类，
星夜兼程奔向都市颁奖地点。

这日格格的扮演者与观众见面，
格格赶到想入场却被阻拦。
她道出身份等待"奴才"引入，
可把门的听见了好像没听见。

格格大声告之说她是真格格，
对方不屑地翻翻白眼：
"起什么哄，滚一边去，
不然我报警告你诈骗！"

格格转而向入场的观众诉说，
还拿出皇家族谱指给人看。
人们听了看了不以为然，
似乎她是谁与场内并不相干。

里面尖叫鼓掌欢声震天，
格格热烈的心降到冰点。
人们喜欢什么让她困惑，
反正不是格格的头衔。

格格无着无落进了救助站，
有人接待她好言相劝：
"吃饱洗洗睡了送你回去，
以后可不要再胡跑乱窜！"

苏东坡吃自助餐

苏东坡文采出众厨艺精湛，
"美食家"的称誉传至今天。
他曾出席各式各样的宴请，
唯独没有品尝过自助餐。

这日好友邀他赴一个盛宴，
自助餐的档次高出一般。
当众人拥入进餐大厅，
可真让东坡老人看直了眼。

人们的好眼力好身手让他惊叹，
放虾托蟹块的台边挤作一团。
等不及用夹子都伸出双手，
抢下存放一旁又去装盘。

上多少没多少如风扫残云，
有的人已抢得满脸流汗。
一档鲍鱼入台引起骚动，
推搡中相互还动了老拳。

看这边真所谓食不厌精，
一女子把栗子虾仁儿细细挑拣。
那端的老兄盛汤喝着不可口，
一扬碗倒向另一个汤罐。

脚下时不时摔落盘碗，
伴随着脆响汤汁四溅。
衣着时尚的就餐者斯文才是，
举止却为何如此野蛮？

好友邀东坡也去取食，
自助餐不能一边光看。
东坡随友人走到台前，
脚下一滑跌了个两脚朝天。

好友扶起他问他摔伤否，
所幸未伤筋骨没出麻烦。
"一口未食还挨了摔……"

友人心里深感不安。

指指衣上油渍几片，
东坡宽慰老友与其调侃：
"吾未尝此餐却已知其味，
好几种菜肴都在这身上沾！"

王宝钏再觅情郎

王宝钏选婿把彩球抛给薛郎，
十八年独守寒窑把儿抚养。
丈夫从军归来功成名就，
却又娶了代战公主陪伴身旁，
这出《大登殿》一直在演唱。

宝钏虽为大太太心里仍然不爽，
丈夫是独有的岂能与别人共享？
细读了新《婚姻法》心中豁亮，
她决心挣脱封建绳索的捆绑，
宝钏由律师陪同走上公堂。

王宝钏与薛君协议离婚，
分割财产后获得许多银两。
她年近四旬却风韵犹存，

人品一流且操家有方，
能不吸引众多未婚男士的目光！

宝钏不想加入单身族行列，
更不想把爱的红绳随意投放。
自己若站在闹市振臂一呼，
必像超市半价油一样遭到疯抢，
当年抛彩球选婿想来荒唐。

这次她要把幸福牢牢握在手上，
心目中的白马王子也逐渐明朗。
高官高薪高寿都不如高兴，
好男儿第一是幽默感要强，
幽默是家庭天地间宜人的阳光。

为此她托人与几家大报洽商，
将副刊版选定为考场。
想做她宝钏家的登龙快婿，
先撰写投寄风趣幽默的文章，
欲娶娇娘你得名标美文榜！

王母娘娘之恋

吃着山珍海味味道苦涩，
一帮人簇拥着反觉寂寞。
闻听下面世界变得精彩，
她避开众人驾祥云飞落。

王母娘娘来到人间满眼神奇，
不知不觉就融入现代生活。
她乘过地铁坐上双层公交车，
逛完小吃街又品尝洋水果。

加入涂脂抹粉穿红着绿行列，
老太太在街头也扭上大秧歌。
越扭还越觉得腿脚轻快，
索性再跳跳伦巴老年迪斯科……

看一对对老夫妇和谐相与，
她心上那根弦也被弹拨。
寡居多年缺少呵护关爱的她，
原也有着年轻的心儿一颗。

这天她在卡拉 OK 歌厅闲坐，
听到有位老先生引吭高歌。
一句"比翼双飞在人间"，
韵味十足听得她心头蓦地一热。

看唱歌人衣着典雅容貌俊朗，
真是一位令她心仪的老帅哥。
归座王母娘娘移步递上饮料，
二人谈得投机话题多多。

得知这位老者单身遂登门造访，
老者的儿女却粗暴地关门落锁。
寻到了心上人可是难以相会，
西王母又气又急直把泪抹。

老太太怨恨着老者家人心狠，
猛然想起自己有件事铸成大错。
她抹去泪驾云飞向天宫，

158

一边飞一边暗暗地自责。

当年她拔银簪划出一条天河，
将牛郎织女一家人两下里阻隔。
此时西王母悔恨拆散他们太久，
她要赶去把有情人的痛苦解脱。

土地爷也时尚

且说这一日土地爷钻出土来，
村镇广播的休闲新闻动他心怀：
"倒骑驴的张果老乘飞机旅游，
爱吹笛的韩湘子进民乐团彩排……"

瞧他们小日子过得多滋润呀，
自己怎不潇洒潇洒自在自在？
土地神一职已变得可有可无，
东跑西颠没事儿忙累也活该！

如今有国土局管辖着土地，
那里集中了大批专业人才。
人家有学历有魄力办事有效率，
自个儿呢？提哪壶哪壶不开！

想想这些年也挣了不少钱财，
够花就得啦，别死乞白赖。
天上玉帝忙炒股对下不闻不问，
小神自动离职也算两下痛快。

主意拿定老人家把大腿一拍，
又将象征衰老的拐杖一甩。
脚底生风进城坐到美发廊里，
剃去胡须把白发染成黑色。

逛东街在服装厅着上了唐装，
遛西市上皮鞋店选穿了名牌。
入这屋鼻梁架起金边眼镜，
出那楼手上多了时尚手袋……

走在人群中他感觉好爽啊，
几次听人说他："这老头，帅呆！"
一不留神他还学了两句文明语——
"矮屋捂臊味""骨头白"。

一路回祠想着拉老伴去扭秧歌，
然后去咖啡馆看电视网球比赛。
风风火火把门板拍得山响，

开门吓了一跳的是土地奶奶。

老头打趣："这世界就是变化快，
我一出一进祠门年轻十几载！"
当听到老伴问饿了吧，想吃啥，
他一亮嗓门："翠花，上酸菜！"

神仙也疯狂

世界杯足球赛是世界大事一桩，
这股初夏的热风也吹进了佛堂。
仙班众佛失去了平和的心态，
诵经声中不时夹进俗调别腔。

四大天王围在一起你说他讲，
闲侃着哪只国脚可挺进八强；
哼哈二将则争得面红耳赤，
辩论着中国队能不能赢下一场。

卧佛站起拍拍弥勒佛肩膀，
把足彩的玩法细问周详；
托塔天王与哪吒虽未开言，
却在传看足报足刊的文章。

阿弥陀佛愣是念成了日本韩国，
功德无量怎么听都是激情碰撞。
看看下面许多菩萨心不在焉，
佛祖摇摇头只好宣布把假放。

数百罗汉哗啦拥上操场，
神仙观光助威团在此亮相。
随着雷公擂鼓电母摇旗，
罗汉们坐一起表演开人浪。

八仙过海去观赛已然启程，
唐三藏仍选坐老龟背出洋。
土地爷凑钱买了一张飞机票，
兴冲冲跑回祠打点行囊。

土地奶奶见了执意要跟去，
不答应就揪住老伴的胡子不放：
"老头子，你说你是铁杆球迷，
难道就忍心丢下你的铁杆搭档！"

三五成群身着古装熙熙攘攘，
各路神仙竞相赶往韩日赛场。
当你坐在看台上忘情呐喊，
说不定有神仙挨着你也在嚷嚷。

蒲松龄遇 "鬼"

蒲松龄坐在车上满心高兴，
久居乡间的他头一次进城。
友人开车接他来都市小住，
游游各大公园看看街景。
是一次开阔视野之旅啊，
用文化人的话说这叫采风。

从灯火通明的大街拐进胡同，
汽车前轮一沉咣当一声。
蒲老头碰玻璃心口乱跳，
二人连忙下车看个究竟。
只见车轱辘跌进一个井口，
井上的井盖无影无踪。

车趴在井上再不能动，

165

看看离住处不远二人步行。
正行走天上落下不明飞行物，
一包东西打在蒲老前胸。
里面是汤汁蛋壳烂西红柿，
长衫上顿时五彩纷呈。

蒲老抬头向两侧高楼张望，
"嗖"的一个空酒瓶掠过头顶。
砸在脚下瓶片四飞，
这可把蒲老吓得不轻：
"它若打在吾天灵盖上，
怕是会要了老夫的老命！"

友人忙拉起蒲老进家，
让他洗换为他压惊。
拿出超市食品请他品尝，
谁知一吃却令人扫兴——
饼干遭"捏脆脆"成了碎末，
为寻获奖瓶盖饮料早已开封。

二人对坐正觉无趣，
地板上忽然污水汹涌。
主人找物业人员疏通下水道，

掏出一堆内衣抹布塑料绳……
蒲老再也不愿待下去了，
他感谢主人的好意然后辞行：

"我在书里写鬼从不怕恶鬼，
却不知缺德鬼原来这等凶！
只是一晚便几次作祟，
他们无处不在让我惊悚。
待我一一书写其卑劣丑恶，
昭告世人对他们警醒。"

公孙胜购车

爱好云游的公孙胜绰号入云龙，
近几年感觉腿脚有些不灵。
梁山好汉聚会有人开自驾车来，
这工具好啊，出行便捷轻松。

公孙胜遂也进驾校考了车本，
租车在都市遍游名胜。
只是这车谁都开谁都坐，
难免藏污纳垢让他硌硬。

如何开上只属于自己的车呢？
买车成了他梦寐以求的事情。
然而没有购车指标要等摇号，
不知要等到何时想来头痛。

有驴友给他出了个主意：
找个女子结婚就能把她车号用。
只要肯出一笔钱再办离婚，
购车的事便大功告成。

大半生独往独来没想过要妻室，
公孙胜当即摇头予以否定。
然则买车的欲念越来越强烈，
思来想去觉得驴友的主意可行。

反正假结婚只是一个手续，
再离了关系也立马撇清。
于是他联系了代办中介，
找好了女车主签下合同。

根本没留意女方高矮胖瘦，
就与她去民政局领了结婚证。
按约定给她转了一大笔款，
不承想这女子玩了失踪。

没闹上车号闹上个挨骗，
购车成了竹篮打水一场空。
被骗去钱财还算事小，

婚姻关系上他背了有妇之夫名。

公孙胜无奈报案提起诉讼，
为解除婚约走上法庭。
这才是没打着狐狸惹一身臊，
他好悔呀，把肠子都悔青……

燕青见粉丝

梁山好汉个个有一身本领，
人气最高的是浪子燕青。
他忠心护主武艺超群，
相貌俊朗还精通乐声。

网上有人细作统计，
燕青的粉丝达十万挂零。
粉他的人有组织聚会，
更有求见于他的强烈呼声。

山寨头领想到其中有利可图，
便安排燕青完成一个使命：
招募挑选粉丝中精干者，
为山寨培训一支精兵。

燕青来赴盛会让青丝们狂喜，
会场被围得里三层外三层。
男粉们争相与他 K 歌合影，
无数纸笔伸向他索要签名。

女粉们尤为情不可耐，
其中有不少兴奋得发疯。
呼喊我爱你为你生小浪子，
一个个献飞吻乱跳乱蹦。

燕青让众粉搂抱拉扯，
混乱的场面完全失控。
前边有人拥挤摔倒，
后面的还在向上猛冲。

救主突围也没这阵势呀，
燕青的相扑缩功全不顶用。
他寡不敌众任由搜身强掳，
衣服也险些被剥个干净。

燕青狼狈逃回山寨中，
向头领诉说遭遇的险情。
告知："那伙人难以为用，
他们做事不行添乱行！"

祥林嫂出户

祥林嫂服侍贺老六大病康复，
夫妇进城进厂做工劳碌。
租了间公房安稳度日，
难以平复的是失儿阿毛的痛楚。

住地拆迁他们搬进楼房，
退休后生活上也还富足。
忽一日祥林嫂接到个电话，
对方自报是国家老龄服务部。

说他们有一个助老项目，
可以帮一般家庭增加收入。
只需用房产证做个抵押，
每个月就能净得利息三千五。

这样的好事让祥林嫂生疑，
接着工作人员上门把疑虑解除。
拿出的红头文件公章醒目，
告诉她机会难得务必要抓住。

祥林嫂贺老六都老实巴交，
没让来人多费口舌就被说服。
拿了房产证跟上去了家公司，
接着有一摞材料向他们展露。

纸页上写些什么全不清楚，
反正频频签字把手印按出。
然后被告知回家静等收款，
第一个月还真收到了款数。

随后再无款来让他们心急，
却等来了自己房屋新的房主。
人家拿着房本把他们催促，
限他们三日内搬离自己入住。

怎会出现这难以承受的变故？
祥林嫂回想起签字画押的一幕。
再去那家公司已人去楼空，

这夫妇惊恐之下六神无主。

报案后警方立案要细作查处，
可原来的住房也有了新的归属。
为贪图小利和轻信付出了代价，
贺家二老只好租间地下室住宿。

老六又气又急心梗一命呜呼，
祥林嫂逢人就一遍遍哭诉：
"凶残的狼害了我儿阿毛的命，
更歹毒的骗子吃人不吐骨……"

刘伶让名

西晋时"竹林七贤"都善饮酒，
刘伶更以嗜酒扬名千秋。
近日刘伶听说有君非同凡响，
在狂饮上比他更胜一筹。

刘伶饶有兴趣凑了盘缠，
一心要会会这位酒友。
他查询后来到一座都市，
未谋面对此君已了解了个透。

此君学历高能力强曾受重用，
原是大公司部门的一个头头。
为应酬推杯换盏本为寻常事，
而他的酒瘾之大却空前绝后。

唱小杯不过瘾换大杯侍候，
不喝得昏天黑地绝不罢休。
一次次躺卧桌下影响公务，
且不思改悔终把职务丢。

无事可做更让他与酒交厚，
几番醉酒闯进邻居家乱呕。
怎能与这样的人白头偕老啊，
年轻貌美的妻子选择与他分手。

女人本就不是他的最爱，
这回更没了管束让他受。
喝得酩酊大醉驾车兜风，
一脚油门冲进医院大门口。

把患病的直接撞进太平间，
吓得病床上的植物人四肢乱抖。
当交警把一身是伤的他拘留，
他还在嚷："这酒不上头香柔……"

看来是难谋此君一面了，
刘伶自认饮酒上比他差着火候。
自己不过是嗜酒如命，

人家更厉害，不要命只要酒！

为此他上网发文昭告世人，
"竹林七贤"的排名更改于后——
刘伶之名一笔抹去，
而把这人的大名标在上头。

"江郎才尽"新解

南朝江淹自小家境贫困，
但他勤学苦读聪颖过人。
长大后善写诗词歌赋，
所作《恨赋》《别赋》俱是佳文。

每每吟咏山川文思泉涌，
写及生态景物生动传神。
这才子的名声不胫而走，
经举荐被委以环保局长重任。

江淹不经意间踏上仕途，
这一转折带给他生活全新。
他想好好补偿昔日的穷苦，
还要抓紧回报经历的艰辛。

配备有锦衣玉食任由享用，
公家的美酒佳酿供他痛饮。
说放松也好说放纵也罢，
反正日日都醉得昏昏沉沉。

有人乱砍滥伐树木他不过问，
一些作坊大肆排污也不查禁。
他把精力只放于官场应酬，
出这家酒楼又往另一饭庄进……

这日席间有人请他题写诗文，
江淹也想让人见识他的学问。
铺开纸才感觉头脑中空空如也，
往下是酒囊饭袋又能写个甚？

以前的毛笔挥洒自如，
如今握在手里形同干涩的棍。
人们等着看他的大作，
看到的是他惶恐的眼神。

现场有人悄悄议论，
自此世上多了成语："江郎才尽"。
还有人耳语因破坏环境案频发，

上边已在追究江淹的责任。

一个文采横溢的人变得这样蠢，
令人唏嘘，让人思忖：
丧失了应有的作为和追求，
是"江郎才尽"的根本原因。

阿斗的心境

战乱中阿斗由甘夫人所生，
赵云怀抱他拼死杀回蜀营。
刘备曰：为这小儿险损我大将，
当众夸张地将阿斗一扔。

地上草软土松摔落很轻，
睡着的孩子竟然着地未醒。
宫人抱起他做特级看护，
精心照料再不让有一丝险情。

阿斗以母"夜梦仰吞北斗"得名，
不料其遗传基因排列发生异动。
刘爸爸可说是极有心计，
生下的却是个没脑子的龙种。

阿斗其实也有脑子而且不傻，
只是与皇家接班人路数大相径庭。
他对读书治国之策全无兴趣，
从懂事起尽显吃喝玩乐天性。

他要什么就一定要有什么，
任性占据了他全部心境。
整日大嚼表明他是顶尖吃货，
吃是他每日活动中的核心内容。

父王死了，他咧下嘴，
接着品味他的酸辣果羹。
蜀国亡了，他叹口气，
继续食用他的虾蟹酿葱。

魏王设宴让宫女跳蜀国舞蹈，
蜀国旧臣饮泣难掩悲恸。
这阿斗面对佳肴乐不思蜀，
观赏跳舞照吃照喝无动于衷。

他是历史上的一个亡国之君，
也是人们茶余饭后口中的笑柄。
之所以称为"扶不起的阿斗"，
皆因他是三国时长不大的巨婴。

孙二娘开连锁店

梁山山寨人吃马喂开销大，
寨主倡导头领们经济开发。
做过买卖的孙二娘愿领重任，
她带足了银两就把山下。

如今市场经营热闹繁华，
光怪陆离看得她眼花。
昔日十字坡饭铺不值得一干，
该投资何处主意也不好拿。

看到女性用品需求量巨大，
二娘尝试与加盟商接洽。
人家热情地邀约于她，
去外埠做一次理财考察。

二娘赴外地会商家走进实体店，
看到货品丰富价低质量上佳。
售卖这样的货物肯定赚头大，
她拿过连锁店合约一下签了仨。

返回后选址租店内外装修，
招聘好店员只等货物运达。
几番催促货箱姗姗来迟，
二娘验货却惊得说不出话。

箱里货与实体店的大相径庭，
积压品伪劣残次品上下混杂。
几件内衣上沾有老鼠屎，
化妆品盒内竟有蟑螂爬。

二娘赶紧联系供货商换货，
又运来一批货质量更差。
面对一箱箱扔货垃圾，
作为店主的她肺要气炸：

"竟然如此欺负到老娘头上！"
她泼劲上来恨恨咬牙，
"不给你们点厉害瞧瞧，

你们真不知道我的绰号母夜叉！"

二娘气夯夯再赴外地找加盟商，
那店已人去楼空铁锁当家。
门外上当的连锁店主聚了一群，
也都在找寻商家讨要说法。

大家又是斥责又是咒骂，
人们怒气再大却也无处撒。
只好把受骗的事报给警察，
请求警局快把骗子抓。

二娘至此方知道商界水深，
轻信被套招至付出代价。
损失银两只当交了入行的学费，
可这交出的学费数量实在是大！

鲁智深的公干

梁山好汉被招安后四散，
鲁智深回到当初任职的州县。
当地主管部门紧急召开会议，
研究该给他安排个什么公干。

此公善打抱不平人所共知，
为人豪爽仗义多有言传。
与会者指出他同时也是法盲，
一路走来留下劣迹斑斑。

他曾任提辖本是武警军官，
却完全没有法制的观念。
大庭广众三拳打死镇关西，
此外与他相关的还有几宗命案。

以"花和尚"为绰号酗酒闹事，
当了出家人也不守出家人法典。
拎着个禅杖是管制刀具，
招摇过市生出众多事端。

他肆无忌惮大闹佛殿，
撞毁了一座山亭半边。
庄重之地变得一片狼藉，
属严重毁坏公私财产。

他还聚集一伙泼皮饮酒菜园，
枝上几声鸦叫本不值一谈。
一时兴起倒拔垂杨柳，
全不管违不违反绿化法条款。

综合评价鲁智深的为人表现，
全面考虑他的能力条件，
为便于对他实行监管，
会议决议让他去墓园当个保安。

石秀再拼

石秀为梁山聚义立下丰功，
"拼命三郎"的绰号誉满军营。
招安后封官他却不愿领受，
只想无拘无束干普通人的营生。

从前他家贫以砍柴卖柴度日，
这行当如今已消失不存。
身手矫健的他来到都市，
应聘当上了搬家公司搬运工。

再无须打打杀杀殊死拼命，
而是背冰箱抱彩电搬桌提凳。
干完活酒足饭饱洗洗睡了，
虽劳累但是活得安稳轻松。

有个女子看他为人稳重实诚，
愿与他风雨同舟患难与共。
石秀倾心于她组成家庭，
好一似漂泊的船在港湾泊定。

实现了"在我心中曾经有一个梦"，
闲暇他爱陪妻子逛街进咖啡厅。
看似简单的生活充实而浪漫，
一个温馨的小家其乐融融。

不拼爹也不拼房子和车，
只拼全力做好分内的事情。
为别人辛劳也谋利于自己，
这样的活法平凡但不平庸。

脚踏实地，自食其力，
石秀的作为折射出一种心境。
不经意间他就成了网红，
点击量已达十万之众。

哪吒到都市

听说下面地界异彩纷呈，
哪吒满怀好奇离开天庭。
将身落在现代化都市，
全新的景物迷住他眼睛。

纵横的车流奔驶有序，
高架的立交桥壮美如虹。
奇妙的夜景远超仙境，
衣着时尚的男女谈笑风生。

吃住随心，休闲惬意，
哪吒自然而然融入其中。
只脚下的风火轮已成古董，
踩着费力且污染环境。

于是他入驾校拿了驾照，
骑上辆摩托车往来轻松。
进超市上酒楼观赏球赛，
赴歌会逛庙会探访名胜。

游玩一番想不能总无所事事，
也应为美好的都市做些事情。
哪吒心性耿直做事果敢，
报考后成了名交通辅警。

将用不着的乾坤圈收藏起来，
把记录仪测酒器拿在手中。
他从早到晚巡行于街市，
查违章查酒驾查假车牌证。

不再去想那些佛经禅语，
只把交通法则记得分明。
处置交通事故不辞辛苦，
警队几次为哪吒请功。

这一晚警队接到报警，
有人在街心飙车疯狂赌命。
哪吒随警员赶到控制了闹事者，

一看是恩师之子还有自家堂兄。

面临罚款拘留吊销驾照，
堂兄求他："放一马，念念亲情！"
哪吒一摆手："这里是法治社会，
不管何路神仙违法一概不容！"

新版《梁祝》

感天动地的爱让墓穴裂开，
不能同生甘愿死在一块儿。
化作两只蝴蝶比翼双飞，
一个优美的传说流传千载。

《梁祝》由越剧等搬上舞台，
表演脍炙人口盛演不衰。
然而故事结局太过凄婉，
让人生有压抑萦绕于心怀。

网上有人提出看新版《梁祝》，
希望结尾表现出欢快。
有写手欣然领命大胆构思，
推出的新版本别出心裁。

当代上学再不用女扮男装，
梁祝都考上大学且是名牌。
同窗苦读贴近了心滋润了爱，
考研考托福又一起去了国外。

之后一对海归同返故土，
受到家乡重要部门青睐。
二人事业发展迈上正轨，
婚姻也步入向好的状态。

英台父祝员外喜欢俊才，
山伯与他心目中的佳婿合拍。
这小子虽然出身于穷乡僻壤，
但他勤奋有为着实不赖。

这一晚山伯到英台家求婚，
怀诚挚带礼品来到祝家门外。
他点燃了九十九支心形蜡烛，
又把堂兄家的播音喇叭打开。

山伯深吸口气平缓心态，
狗不叫猫不闹静听他表白。
喇叭忽响声大作震荡四野：
"有废旧家具电器我买……"

《拾玉镯》新结局

早年院门前坐着刺绣的孙家女，
傅家公子闲游走过这里。
才子佳人顾盼擦碰出火花，
两颗年轻的心彼此萌生爱意。

傅公子情急心切掏出信物，
把一个玉镯放置于地。
孙姑娘看他离开趋身向前，
扭捏再三将玉镯拾起。

这一幕恰被刘媒婆看到，
她戏谑了孙女保媒出力。
一对有情人终成眷属，
这个故事被编成多种戏曲。

玉镯成就了一段美满姻缘，
以后还让傅家儿孙也都获益。
用投镯吸引靓女屡试不爽，
这物件竟成了传宗接代的利器。

接地气的传家玉镯好了不起，
一传传至傅家 N 代子弟。
此男在都市经营生意，
闲暇娱乐沾染了恶习。

他痴迷网上赌博总想暴富，
到头来输得一贫如洗。
那携带的玉镯也典当了钱款，
被他一股脑儿输了进去。

当家乡父母频频向他催婚，
他想到了祖宗投镯的秘籍。
在地摊买了个假的玉镯，
投地后俘虏了一个贪财女。

女子本以为获得了无价宝，
和他领了结婚证满心欢喜。
一验镯子方知是骗人的把戏，

她随即与他闪婚闪离。

《拾玉镯》的剧情欢快风趣，
玉镯是戏中的重要道具。
这老傅家晚辈却把戏演砸了，
导致喜剧出现了不一样的结局。

月老的无奈

某君高学历供职于外企，
相恋的大学同学谦和秀丽。
月老看二人婚事水到渠成，
便帮他们把红绳牵起。

妻子贤惠治家有条理，
这让成家的男人们羡慕不已。
此君却对家庭生活并不满足，
总觉得婚姻中缺少情趣。

妻子越是忍让他越骄横，
终至红绳扯断婚姻解体。
此君很快钟情于一网上主播，
迷恋她谈吐的大胆泼辣俏皮。

他面见拄着拐杖的月老，
求他帮忙又把红绳牵系。
女子也是离异为人刁蛮，
新家建成便陷入吵闹的境地。

针尖对麦芒互不相让，
肢体冲突使矛盾加剧。
此君盛怒再把红绳扯断，
这糟糕的婚姻实难为继。

挫折面前他不甘寂寞，
上网征婚又结识一女。
再次找到央求月下老人，
将他们登记在婚姻簿里。

成婚当日二人闲坐，
说到"先有鸡先有蛋"的问题。
一言不合便恶语相向，
站起拍拍屁股闪婚闪离。

当此君携新女友又求月老，
月老无奈地摆手而拒：
"汝将婚姻视为儿戏，
老夫可没精力陪你再玩下去！"

《空城计》演出在即

《空城计》演出大幕即将拉起，
有几位演员却不见踪迹。
知情者悄悄说出他们的下落，
在场的听了人人一肚子气。

"书童甲"昨晚在迪厅蹦了半宿，
此时累瘫在床上如同一摊泥。
"书童乙"痴迷电脑网上聊天，
整整聊了一夜刚刚睡去。

"老军甲"忙炒股发财心切，
全副身心都扑在证券所里。
"老军乙"和情人海吃滥饮，
驾车肇事逃逸被抓进警局。

剧团领导心里其实也急，
派人雇发小广告的把他们顶替。
可等来等去也等不到一个人影，
《空城计》戏里戏外都空得可以。

演诸葛亮的演员不耐烦了，
脱下戏装把休闲服穿起。
告假说手痒找人去打几圈，
还要去保龄球馆见个高低。

人问你走了"司马懿"和谁搭戏，
这演员抛下他的歪歪道理：
"司马不见诸葛正好即兴表演，
也能让观众看上个新奇！"

《三个和尚》新传

你不爱动我不愿动他不想动，
渴得嗓子冒烟也不碰碰水桶。
"三个和尚没水吃"的故事，
讲来讲去也改变不了水缸空空。

这日和尚们的表现却陡然不同，
天还黑着高个和尚就挑水不停。
哪顾得浑身汗淌喘声粗重，
直挑得水和高高的缸沿一般平。

矮个和尚一把又夺过担具，
直奔山下河边跑如一阵风。
一遍遍轻泼细洒湿润环境，
使寺周围空气里负氧离子大增。

胖和尚抢下担具更是不歇肩，
以一股救火的气势上下急冲。
挑水浇透山上松柏又浇小草，
放眼望去草更绿山色更青。

昨天还懒得身上要长蛆虫，
今天却像吃了仙丹般生猛。
一日之间出现偌大反差，
乡民和路人百思不懂。

并非是知惰思改要多做善事啊，
从诵读经文中提高了悟性。
原来是昨天上边给小庙发了文，
拨下来一个科级和尚的职称。

阿毛不死于狼

服侍着病夫喂喝药汤，
村边几声狼叫令人心慌。
祥林嫂遍找儿子只寻到一只鞋，
"阿毛让狼吃了"，她逢人就讲。

可事发这天有人明明看到，
阿毛钻进了一家游戏机房。
这孩子拿着一小包银圆，
半路跑掉鞋都顾不得提上。

是不是前日看别人玩老虎机，
手扳摇柄赢钱响落叮当，
如此好赚看得他手痒心痒？
这底细只有问阿毛才能知详。

是不是想用家里债金也赌一把，
赢好多钱为爸爸治病疗伤，
让妈妈享用好吃的好衣裳？
这宗事只有阿毛才能说出真相。

只知阿毛把血汗钱喂了老虎机，
转眼间又滚进店老板的钱箱。
阿毛哭喊着哀求还钱给他，
还抱住机器摇柄死不肯放。

接着有人听到房内呼救声响，
又见一股鲜血向门外流淌。
老板扛出个沉甸甸的编织袋，
不知丢进了枯井还是水塘。

当地警署接到举报信弃置一旁，
收取娱乐税的事已让警员很忙。
祥林嫂说狼吃人老板紧帮腔，
相信只有他最清楚狼受了冤枉。

孔乙己逸事

来咸亨酒店喝酒的人有许多，
只有穿长衫的才从容而坐。
孔乙己着长衫却爱站着喝酒，
他那件长衫也实在又脏又破。

这日店外忽有轿车喇叭声大作，
店内迈进几位不速之客。
一主管模样的含笑走向孔乙己：
"久仰，有件事非您老帮忙不可！"

有人扔给店掌柜一大包银两，
把孔乙己欠的酒债全数勾抹；
有人剥下孔乙己穿的长衫，
给他换上西装打扮利索。

受摆布的孔乙己满脸惶惑，
又被簇拥着送上豪华轿车。
忘不了酒友们羡慕的咂嘴声，
但愿此去是福不是祸。

直到孔乙己住进宾馆上等客房，
那主管才揭开他心里的闷锅：
"我们局长缺少一张大本文凭，
请您老考场上代为弄墨。"

孔乙己于是成了一名"枪手"，
转眼过上了神仙般的生活。
美食美酒想用多少就用多少，
连洗澡水也烧得不凉不热。

主管一日三次嘘寒问暖，
孔乙己心生灵感提出要求一个：
"事后给我个抄写的差事如何?"
那主管想也没想便道："好说。"

当孔乙己考完各场走到场外，
有人走来揪过他把西装脱。
身边殷勤服侍的人全蒸发了，

扔下他像扔下一次性筷子餐盒。

孔乙己又穿起那脏破长衫，
走进咸亨酒店赊些酒喝。
他诅咒那如梦如幻的宾馆日子，
更恨自己扮演的被愚弄的角色。

九斤老太进城来

鲁迅小说里有位九斤老太，
她的口头禅是"一代不如一代"。
后来为了加重说话语气，
说到"不"字还使劲把头摇摆。

曾几何时她这句禅语由盛而衰，
因为接连有喜讯乐她心怀——
七斤早年搞船运成了离休干部，
六斤进城开公司发了大财。

钱物源源由城里汇递到乡下，
这日还把百岁老人接到都市来。
高楼观景让九斤疑是幻境，
坐游乐园大转轮升空她悠哉乐哉。

在博物馆看到自家十六钉饭碗，
想起昔日苦光景不禁老泪湿腮。
走入超市购物踏上滚梯，
她又像小孩子一样欢快。

软的脆的土的洋的她全想尝，
甜的酸的苦的辣的她都说买。
撑得肚子圆圆的仍不住嘴，
一边哼哼一边还说"不碍不碍"。

中午九斤忽现久而未见的摇头，
并且手舞足蹈动作加快。
一家人心慌不知道发生了什么事，
急救人员赶来才把谜底揭开——

五斤把偷买的摇头丸藏在枕下，
九斤发现吃了以为是美味糖块……
经一番发作老太告诉家人：
"都市处处好，这药丸可真坏！"

王婆卖瓜

"我的瓜倍儿甜瓤儿特沙，
属纯天然绿色食品口味绝佳。
夫妻常吃促进恩爱和睦，
第三者想插足也无缝可插！
——吃我的瓜，幸福全家！

"我的瓜有养颜美容之功，
尤能活血通络洁齿乌发。
汁多味美吃了精力无限，
考研留学全不在话下！
——吃我的瓜，靓丽潇洒！

"我的瓜是消费者信得过商品，
药食两用早已名满华夏。
能治癌症癫痫心血管病，

还治口臭肛裂老年呆傻！
——吃我的瓜，长寿命大！"

这婆子口沫横飞夸来夸去，
她那堆瓜却令人不敢摸上一把。
除了拉拉秧的生瓜蛋子，
坏的馊的已招来苍蝇乱爬。
——卖瓜的托个好瓜夸赞有加。

熟人走来说她真会把瓜夸，
王婆满脸笑褶掏出心口窝的话：
"我没文化却懂雾里看花，
推销东西就讲究个真真假假。
——广告上惯用的都是这种手法！"

杨白劳讨债

旧社会杨白劳躲债苦苦挣扎，
被逼着在女儿卖身契上画押。
他喝下点豆腐盐卤找老财拼命，
在漫天大雪中踉跄倒下……

幸得乡亲救助他活了下来，
想起这段经历就泪湿面颊。
老杨做豆腐在当地小有名气，
如今是豆腐公司经理买卖做大。

头疼的是豆腐送到一个个卖家，
客户结账付款总是拖拖拉拉。
没钱周转就难买原料难发工资，
多项税费也都难以如期缴纳。

谁也说不准打从何时开始，
这昔日躲债汉过上讨债生涯。
肚里再窝火也赔起笑脸，
心中再气恼也道出好话。

功夫下得黄世仁也会自叹不如，
尾随蹲守想了诸多办法。
只求账上收入有所增加，
欠豆腐款的数字不再扩大。

当年躲债想的只是自家父女俩，
而今他把上百个职工家庭牵挂。
有希望讨一点就三番五次上门，
忙得年三十晚上也不敢休假。

喜儿大春都是孝顺孩子，
他有温馨的家却顾不上回家。
《常回家看看》不光让晚辈动情，
听小外孙一唱心上像有锥子扎……

此刻杨大叔又去拉欠债户门把，
看他衰老的身躯让人心头酸辣。
旧社会被逼债的日子不复返了，
时下这种讨债事也该早日作罢！

今日华威先生

不停地赶会讲话像上紧弦的表，
华威先生的大名许多人知道。
如今老先生已是一大把年纪，
可开会的兴致比过去更高。

他任职兼职数量达到三位数，
名片头衔多得画了个省略号。
和会友小聚他侃侃而谈，
感叹开会至今方悟出开会之妙。

今天与会者常住进星级饭店，
可遍尝天下的美味佳肴；
烟酒齐备又发这卡那卡，
临走还能带上大包小包。

216

交通发达了——何处风光秀丽，
何处的会议准不会少；
航线增多了——哪里景色宜人，
哪里就会挂起横幅会标。

高尔夫球桑拿浴尽情享用，
夜来还有小姐上赶着为你洗脚；
别的什么服务也依需要提供，
当然与会的一切费用均可报销。

对以前连说不堪回首，
老华威展望未来不服老：
"好想和美人鱼照个合影，
还想到凯旋门前尝咖啡味道。

"特想亲近南极企鹅感受清凉，
寻思探访活火山口一定很妙。
最盼望早日开通去月球的航线哟，
拼着这把老骨头也要跑上一遭！"

葛朗台办公司

剥夺了女儿的继承权腰缠钱财，
葛朗台东行做跨国买卖。
他看到城乡接合部饮料畅销，
便挂起了"饮料城"的金字招牌。

瓶灌河水井水就地取材，
用洋名牌矿泉水商标包装起来。
三班倒生产网上批售，
哪管人们喝下去肚子坏不坏。

简陋车间里尽是民工童工，
葛老板整天就发一个音："快!"
灌水不能翻番一律罚款，
给他干了半年全都欠下他的债。

上网急邀七旬姨妈来享清福，
葛朗台渴望亲情呵护关爱。
住处遂有了不必付费的老用人，
除洗衣做饭还代管买菜烧菜。

葛老先生从不与吃喝嫖赌沾边，
更不想包养什么情人二奶。
赚你坑你还让你说是帮了你，
他独有的嗜好是得便宜卖乖。

雇金发碧眼洋妞勾搭当地官员，
出些个麻烦事自有人替他担待。
一任别人背后百般笑骂，
他反正塞满了一个又一个钱袋……

听说葛朗台要建分公司啦，
近日正到处查看人流水脉。
说不定哪时这秃顶老头的身影，
就会在您的住处附近徘徊。

阿凡提巧收费

有位款爷偷养二奶在别墅住着，
卫生费却赖着不交一拖再拖。
物业人员找上门总是空手而返，
大家又气又恨又拿他没辙。

阿凡提调到该服务中心工作，
听说了此事拍拍智慧的前额。
开机上网查找下载了资料，
又拈拈花白胡想出了对策。

擦亮马靴正正小帽不骑驴打车，
他按网上地址拜访款爷的老婆。
敲开门道声"亚克西"展露胸牌：
"服务中心的阿凡提祝您快乐！

"请不要小瞧您的不速之客，
我先说说女士您在想什么——
您有两个月没见到您老公啦，
一定有好多话想和他说！"

女人一听跳起抓住阿凡提胳膊：
"您老能掐会算简直神了！
我整日打手机给他总是打瞎。
快帮我找到那挨刀的货！"

阿凡提手扪心房表示乐于尽力，
提出其夫欠的卫生费由她交妥。
于是一个掏钱一个开收据，
女人喊出女儿同去款爷的住所。

当阿凡提上前叫开别墅房门，
女人见了二奶怒不可遏。
她发疯般扑向丈夫撕扯，
两个妙龄女子也披头散发肉搏。

房内高档器具砸得一塌糊涂，
把大鱼缸也摔得水溅四落。
在场者人人一身湿一身腥气，
这回连阿凡提也哭笑不得。

阿凡提追证人

阿凡提坐在酒店里正用午餐，
看到有个小偷偷了手包逃窜。
他一伸腿让那家伙亲吻了地板，
歹徒忽拔出匕首凶相毕现。

好个阿凡提临危并不慌乱，
飞起马靴踢中小偷手腕。
众人一拥而上把贼人擒住，
警察到铐了小偷搜寻证人证言。

丢包的事主从桌下往出钻，
拿了手包就向人群后面闪。
阿凡提上前把他阻拦：
"别走，你指认小偷才能结案。"

那人拉拉西装好不耐烦：
"我的手包没丢你就别添乱！
老眉塌眼的犯什么糊涂啊，
不是你的事奉劝你少管！"

人们七嘴八舌说长道短，
阿凡提却有自己的打算。
那人去礼品廊他也去礼品廊，
那人进卫生间他也进卫生间。

寸步不离跟在那人身边，
那人又急又恼冲出酒店。
钻进一辆轿车急驶而去，
阿凡提也跳上出租车尾随追赶。

"缠住我干什么呀？有完没完！"
那人窜到车外向阿凡提大喊。
看着他气急败坏的样子，
阿凡提不慌不忙和他笑谈：

"我要跟着你去你的单位，
看看你是哪个部门的职员。
请你的领导和群众都评评理，
确认咱俩之间谁是糊涂蛋。"

223

阿凡提照相

居民小区的早晨日暖风和，
花坛里绿草如茵花开朵朵。
大家爱在花坛边散步健身，
阿凡提也常来活动腿和胳膊。

一对青年男女嬉笑着跑来，
男的抱着照相机要为女的拍摄。
他让女子站到美观的花坛里，
一片娇嫩的花草踩得七零八落。

那女子搔首弄姿照了又照，
全不顾及别人不满的神色。
"找个人给我们照照合影吧！"
男的环视周围把路人选择。

人们厌弃地纷纷转过身去，
阿凡提却主动上前助人为乐。
眼望取景框"咔咔"按动快门，
直到男青年说"行了行了"……

第二天男青年怒冲冲找了来，
手拿照片把阿凡提指责：
"有你这样给人照相的吗？
只照下半截四条腿在地上戳着！"

阿凡提拿过照片悠闲地欣赏，
这正是他想得到的结果。
男青年忍不住吼叫起来：
"你还美？你这样做缺德！"

阿凡提笑答道："缺德说得好，
但这两个字应该在照片上印刻。
有空常拿出来看看，告诫自己，
损害公众利益的事千万别做！"

阿凡提的发明

阿凡提是足球场看台的常客，
他最恨球迷中的胡乱投掷者。
众多杂物扔得绿茵一片狼藉，
软的硬的砸得球员抱头藏躲。

球场上某些人的不文明不道德，
让阿凡提难以忍耐下去了。
他拜访机械师又研究麻醉剂，
整出一个形似摄像机的家伙。

再登看台肩扛发明居高临下，
眼盯着瞄准镜将目标捕捉。
有人骂着站起要扔矿泉水瓶，
阿凡提不失时机向他发射。

随着机孔中射出一束泡沫，
投掷者被击中垂下胳膊。
像抽筋更像是发生上肢脱臼，
一阵痛麻难受得他五官挪窝。

又有人要投出干橘子硬苹果，
阿凡提也让他们一一投不得。
震耳的助威声淹没了呻吟声，
喧嚣一时的诸投手东倒西卧。

终场哨响阿凡提冲向"猎物"，
他要为他们把痛苦解脱。
打开事先准备的一瓶黏稠剂，
捋起他们的衣袖为他们按摩。

使出昔日赶驴上山的气力，
阿凡提又是按捏又是揉搓。
一阵忙活直累得气喘吁吁，
满脸的汗水往脚下滴落。

有人赞："行啊，阿凡提老哥，
国际足联也会青睐你的成果!"
也有人撇嘴："看把他累的，

227

放着清福不享，真是自作!"

阿凡提似是回答又似自语说:
"对于乱投掷就该有惩治的对策。"
他抹抹汗水正正新疆小帽，
顾不上喘口气又按摩下一个。

阿凡提斗骗子

东邻老伯中骗局失去积蓄，
西家二姨遭诈骗一病不起。
耳闻一个个善良人受到坑害，
这让阿凡提恨恨不已。

这日家中座机电话震响，
有人自报是省厅下属公安局。
直呼了阿凡提名字接着告知他，
涉嫌贩毒和拐卖妇女。

阿凡提闻听吓得张口结舌：
"救、救我呀！"声音可怜兮兮。
"我没犯罪，快帮我解脱，
让我怎样做，我完全听从你！"

对方听说他有三十万元存款，
让他转存到一个安全账户里。
"行，我照办，我去转账，
我先用卖毛驴的钱买个手机……"

阿凡提吃饱走近银行柜员机，
告诉对方他已到了指定地。
对方忙告他插卡几番按键，
又叮嘱按好一大串数字顺序……

阿凡提一个个按将起来，
告他的六、八，他却按一、七。
对方说不对，他说："我重来，
警察同志，你千万要看仔细！"

听对方气哼哼说"又错了"，
他劝慰"别急"，心说"急死你"！
一下午光顾了十多家银行，
一次次不慌不忙错按下去。

知对方心急火燎又不肯放弃，
阿凡提先自叹息又提建议：
"只怪我老不中用眼神不济，

你人民警察可要救人救到底！

"如你所说钱卡放家中不妥啊，
恳请你来我家帮我办理……"
当对方如约推开阿凡提家门，
真正的警察叔叔已等在这里。

看骗子戴上手铐阿凡提嘲曰：
"你锲而不舍终于登峰造极！"
骗子悲语："阿凡提，我服了你，
你捉弄人的本事天下第一！"

包拯再侦案

包拯告老还乡不愿享清闲，
他心里还寻思着立案破案。
"天眼"网上追逃让他惊叹，
更赞赏 DNA 等高科技手段。

想到保一方平安仍需百姓参与，
他暗自列自己为业余治保人员。
了解到附近农贸市场频发劫案，
一伙歹徒专盗抢老人耳环项链。

有位老太太被揪扯耳环，
扯撕了耳朵血染衣衫。
如此丧心病狂岂能容得，
惩凶除恶再不能拖延。

包拯带了望远镜来到市场，
登到楼房高处一照大半天。
查看来来往往走动的人流，
搜寻着一个个角落可疑点。

看得眼酸终发现了作案团伙，
包拯决定靠近他们再探。
晓得自己脸黑特征明显，
他戴上大口罩遮住脸面。

记下盗贼人数长相作案手法，
他走进警局向公安人员报案。
刑警队也在调查这团伙行踪，
包拯所报无疑是雪中送炭。

警员感谢他为破案出力，
嘱他盗贼凶狠注意自身安全。
包拯又回市场再查证据，
尾随盯梢与盗贼周旋。

这日市场上打响了围捕盗贼战，
包拯看到那团伙头头夺路逃窜。
他大喝"站住！"声若洪钟，

如同当年喊"开铡"贼人腿软。

他再冲上去伸脚一绊，
那家伙猝不及防摔在路边。
却不甘受擒掏出匕首挥舞，
包拯临危不惧扼住他手腕。

警员赶到夺下匕首戴上手铐，
夸包拯："老同志，给您点赞！"
包拯笑曰："应该的，没什么，
咱老包本也是个退休警官！"

南郭 "北漂"

南郭吹竽本是份不错的工作，
听竽乐合奏是当地人一乐。
南郭有个知音是兰兰姑娘，
二人青梅竹马住在一个村落。

看南郭坐台上气定神闲吹奏，
柔情爱意便涌上兰兰心窝。
到了散场看南郭走出，
她会迎上去说："你真出色!"

兰兰崇敬迷恋的眼神，
让南郭受用欣慰振作。
已到了谈婚论嫁的年纪，
他要和兰兰过体面的生活。

去闯才会有自己一片天地，
繁华的都市极具诱惑。
依依不舍和心上人作别，
南郭成了"北漂"中的一个。

只身来到不熟悉的地方，
迎接他的是生活的苦涩。
举目无亲，人地两生，
只能租挤住在城外农舍。

城中演艺舞台花团锦簇，
乐器演奏新奇高雅叫座。
竽在这里是古董让南郭自卑，
已然被他扔到墙角再不触摸。

除了吹竽，别无他技，
生计逼着他去做点什么。
细皮嫩肉怎好到工地搬砖，
没卖过力气也蹬不动垃圾车。

室友看他长得年轻秀气，
说有份轻松体面的好活。
可以发挥艺术表演特长，

吃得好穿得美收入颇多。

困境中的南郭半信半疑，
被带到了一家婚姻介绍所。
老板对他的形象大为满意，
于是为他拍照编号造册。

有交了高额婚介费的富婆，
就由他出面周旋然后摆脱。
南郭按约定从婚介费中提成，
钞票就此源源不断获得。

与老少各式富家女见面，
南郭有迷惘也有自责。
咬咬牙为捞钱再干下去，
他计划着为兰兰买房买车。

自认为对美色不会花心，
坚持着出圈儿的事绝对不做。
一日婚介所团伙诈骗案发，
老板南郭都被关押拘留所。

南郭等候审问面壁而坐，

不由得反思迷失的自我。

他满怀愧疚想给兰兰写信：

"不要迷恋哥，哥只是婚托！"

西门庆再发家

西门庆推开时光隧道的闸，
揉揉眼又看到人世间繁华。
伸了伸懒腰走进一家网吧，
上网浏览让他大感惊讶——

好几个地方自封西门庆故里，
筹集资金大动土木开发。
招徕游人获取经济利益，
一场故里之争已呈白热化。

西门庆看了又看心中窃喜，
何曾想到臭名千载今日变佳。
石雕蜡制的西门庆竟受瞩目，
若是真人现身轰动效益必大。

他本奸商做买卖头脑发达，
有这生财机遇岂能不抓！
遂开始了再发家的策划，
该干些什么他可不傻。

大官人不是草棵儿的蚂蚱，
他当然知道自己出生地是哪儿。
在西门庆故里之争的天平上，
他的一诺无疑是重量级砝码。

让他们争去，暗地里招标，
谁出的钱多，故里就归他！
想当年县太爷和他沆瀣一气，
今日有些干部也要加以勾搭。

另从演艺圈物色武松武大，
在拜金女中挑选金瓶梅姐儿仨。
让他们随侍左右一起亮相，
每次出场费都是天价。

再雇佣枪手编写新剧，
戏说《水浒》，情节变化。
舞台上的西门庆盖世英雄，

狮子楼一刀把武松斩杀……

重金请名记写《西门庆传》，
妙笔生花，不怕肉麻。
什么拉动经济，发展文化，
是造福一方的实干企业家……

西门庆这厮又要大干一场啦，
他踌躇满志蓄势待发。
人们关注着这场闹剧，
静观时代潮流大浪淘沙。

《骆驼祥子》新篇

崭新的三轮车轻飘飘地走，
祥子每日拉中外游客胡同游。
这天傍晚他正想收车去吃饭，
一名女子挡在了车头。

此女浓妆艳抹香气幽幽，
声音不自然地张开了口：
"大哥，你知不知道谁爱泡妞？
把我拉去，我给你抽头……"

祥子抬头一看女子年纪不大，
脸上七分不安三分含羞。
他便问女子进城几年了，
女子讲刚到都市没有多久。

祥子叫女子上车蹬走如飞，
女子听得耳边风声飕飕。
行到城外一座商厦前车轮停住，
乘车人不解为何在此停留。

祥子说："旧社会这里叫白房子，
你站脚处是一大片坟丘。
我的邻居小福子就葬在这里，
她干的营生就是出卖皮肉。

"可那是什么黑暗岁月啊！
两个兄弟已饿得皮包骨头……
而今天每个人都能自食其力，
再没有一个糟蹋自己的理由！

"人活着就要活得堂堂正正，
不能不分美丑不辨香臭。
想过吗？做这事得了疾病，
你和亲人如何承受？"

祥子越说越是激动，
声音听来有些发抖。
女子先是默默不语，

继而口中呜咽脸上泪流：

"大哥，我今天真是遇上了好人，
你就骂我吧，我昏了头！
都怪我受了同乡诱惑，
说干这个天天有钱装满衣兜……"

"妹子，你年纪轻轻不傻不茶，
在都市肯定能一展身手。"
祥子耐心地把她开导，
"去我们社区卖菜或废品回收……"

一个破涕为笑坐回车里，
一个手握车把调转车头。
三轮车奔行在都市灯火中，
坐车人却是朝着阳光大道走。

花木兰新传

想当年花木兰替父从军，
女扮男装战疆场立下功勋。
戎马生涯十二载名标史册，
战事结束她返家乡侍奉双亲。

选偶择婿的佳期已然错过，
木兰心态平和一直单身。
帮父母日耕夜织勤于家务，
日子过得倒也宁静安稳。

近年来木兰家乡有了变化，
一些人外出打工逐渐脱贫。
左邻兄弟盖起二层楼房，
右舍父子开上汽车飞奔。

父母左瞅右瞧一声叹息，
关上家门继续守着贫困。
就让父母茅屋粗食过下去吗？
木兰看着二老甚感痛心。

膝下无儿还有自己嘛，
打工虽苦难道有打仗艰辛？
人到中年的木兰要当打工妹，
她拎起背包走向都市打拼。

木兰遇到老乡寻求做事，
人说你本是一代英模名人，
做做代言，拍拍广告，
轻轻松松就拿到高薪。

木兰微笑把头摇摇，
对这样的话她听不进。
俗话说"好汉不提当年勇"，
好女子也不该炫耀过去吃老本。

当保姆开电梯不对她口味，
木兰觉得送桶装水的活带劲。
身体健壮的她自荐当送水工，

却被人以不用女工拒出店门。

木兰在灯下一番思忖，
剪下青丝再次以假乱真。
描粗眉毛穿上圆领 T 恤，
镜中又展现出男儿的英俊。

迎着曙光，再去求职，
木兰有着当年从军的兴奋。
她要做自己喜欢做的事，
用劳动所得向父母多尽孝心。

《渔夫和金鱼的故事》续编

老太婆的女王梦烟消云散，
旧木盆草房依然陪伴身边。
她长吁短叹流着悔恨的泪，
一次次责备自己自私贪婪。

"老头子，再去找找金鱼吧，
我们的家境实在艰难。"
老太婆对老渔夫央求再三，
而老汉也看老伴有些可怜。

渔夫步履沉重走上堤岸，
一声声把金鱼深情呼唤。
忽见耀眼的光环升出水面，
熟悉的金鱼又游到近前。

248

"仁慈的金鱼，望尽释前嫌，
求你一件事——仅此一件：
让我们拥有一台复印机吧，
开个服务部也好安度晚年。"

金鱼鳞光一闪："回去吧，
老爷爷，您的要求能够实现。"
老渔夫推开自家房门，
只见老太婆正紧张地复印美元。

一张张复印件清晰挺括，
和真币放在一起难于分辨。
老太婆心中狂喜手上紧干，
抿住了瘪嘴瞪圆双眼。

直印得复印机通体发烫，
牵来的老旧电线火星飞溅。
房内失火啦，烟火弥漫，
机器钞票顿时烧作一团……

老汉拉着老太婆拼命逃窜，
还是燎去头发烧伤手脸。
又见草房坍塌旧盆不全，
这结局比上次的更为悲惨。

圣诞老人遇张果老

新冠病毒肆虐世界不已，
千千万万的人都窝居家里。
要赶紧去看望孩子们啊，
圣诞老人此行非同往昔。

他驾驭着古雅的鹿拉雪橇，
行进在黄昏的荒原野地。
远远地就看见前方有个人影，
赶上见一老人倒骑驴正看手机。

陌路相逢理当打个招呼，
掏出手机使用同声翻译。
得知他来自中国大唐，
名张果老，正作欧陆之旅。

冰天雪地为何骑驴又这等坐姿，
圣诞老人对张果老充满好奇。
张果老告诉他便于观望，
闲游倒坐成习对人也是有礼。

还说他的骑速并不比雪橇慢，
不信尽可以比上一比。
圣诞老人听了童心萌动，
喊声 one two 就冲了出去。

一个穿红袍一个着唐装，
二人驭鹿骑驴并驾齐驱。
跑了半个时辰谁也甩不下谁，
圣诞老人先停下来喘气：

"不和你玩了我还有正事……"
"我知道我可以帮助你！"
张果老从驴屁股一跃而下，
把一个大布包抱了过去：

"这里有九连环华容道传统玩具，
送给孩子们或许能增添惊喜。"
圣诞老人说 ok 网传他地址，

将一个个礼包分装仔细。

然后各自带上若干，
道声拜拜后会有期招手离去。
当晚二老共看望了多少孩子，
上网搜尚难查到准确数据。

图书在版编目（CIP）数据

故事的另一种可能：新寓言诗选／于永昌著. --
北京：中国文史出版社，2024.1
ISBN 978-7-5205-4168-8

Ⅰ. ①故… Ⅱ. ①于… Ⅲ. ①寓言诗-诗集-中国-
当代 Ⅳ. ①I227.3

中国国家版本馆 CIP 数据核字（2023）第 126174 号

责任编辑：牟国煜　薛未未

出版发行：中国文史出版社
社　　址：北京市海淀区西八里庄路69号院　邮编：100142
电　　话：010-81136606　81136602　81136603（发行部）
传　　真：010-81136655
印　　装：北京柏力行彩印有限公司
经　　销：全国新华书店
开　　本：880×1230　1/32
印　　张：8.25　　字数：203 千字
版　　次：2024 年 1 月第 1 版
印　　次：2024 年 1 月第 1 次印刷
定　　价：55.00 元